U0939127

春天的微笑

CHUNTIAN DE WEIXIAO

向晓金◎著

“春天般的女诗人”向晓金散文诗作品精选

著名作家、鲁迅文学奖得主 **许　晨**
著名画家、张大千再传弟子 **郭　晶**
鼎力推荐

走进春暖花开
拥抱诗意生活

北方联合出版传媒（集团）股份有限公司
万卷出版公司

图书在版编目(CIP)数据

春天的微笑 / 向晓金著. -- 沈阳 : 万卷出版公司, 2021.10

ISBN 978-7-5470-5745-2

Ⅰ. ①春… Ⅱ. ①向… Ⅲ. ①散文诗-诗集-中国-当代②散文集-中国-当代 Ⅳ. ①I217.2

中国版本图书馆 CIP 数据核字(2021)第 180611 号

出版发行: 北方联合出版传媒(集团)股份有限公司
万卷出版公司
(地址:沈阳市和平区十一纬路 25 号 邮编:110003)
印 刷 者: 长沙市精宏印务有限公司
经 销 者: 全国新华书店
开本尺寸: 170mm×240mm
字 数: 250 千字
印 张: 16
出版时间: 2021 年 10 月第 1 版
印刷时间: 2021 年 10 月第 1 次印刷
责任编辑: 张冬梅
责任校对: 高 辉
策 划: 张立云
插 图: 郭 晶
装帧设计: 潇湘悦读
ISBN 978-7-5470-5745-2
定 价: 78.00 元
联系电话: 024-23284090
传 真: 024-23284448

序

春天般的女作家

文/郭　晶

一位婉约知性的江南女子，行走在春的山水之间，带着春的气息，期盼着与您执手春天……

清新飘逸的长发，洋溢着最温暖的问候，左手握诗意浪漫，右手持烟火阳光，如同春天最美的使者。

读向晓金的文集，一个使用得最频繁的词在冲击着我，那就是“春天”。字里行间，无一不是春光明媚、春色满园、春花烂漫、春风浩荡……她的笔下无不渗透和洋溢着春天般的友情、亲情和家国情怀。这是文集中最为抢眼的主题，也最为作者所歌颂。

“春天”，这一极具张力的意象，以其丰富、深邃、独特的个性，牵动着文人墨客的情思，形成华夏大地别具一格的一种文化，散发着恒久的艺术魅力。

美妙的词句，醉心的感怀，带动着春天里那最奢侈的温暖……

这感觉仅从书名和辑名就能鲜明地体现出来。

这本新书名叫《春天的微笑》，全书共分为四小辑，收录作者近百篇散文诗和诗意盎然的散文随笔作品，或浅吟或高歌或低唱，真可谓琳琅满目，其内容丰富多彩。

第一辑为《倾听温暖》，看到这个赏心悦目的标题，心情就如烂漫春花般惬意无比。

这一辑以表现春天般的亲情与友情为主，尤其对亲情的渲染篇幅较多，其中最为感人的作品是《走不出父亲的双眸》。读罢该文，一位勤劳善良、乐于奉献、无惧风霜雪雨的父亲，栩栩如生地展现在读者面前，给人启迪，催人泪下。

亲情湿润了她的心，这春天般的亲情支撑她日后天长地久的坚强。在作品《那一抹新绿》一文里，作者讲述：父亲生前做的小书架，选了上等的好料，去市场买了上等的钉子，按照女儿喜欢的颜色，一连七个日日夜夜，通宵达旦辛勤制作。望着父亲被钉子扎得流血的手，那微驼的背，那满头的白发，她的心弦在一阵阵颤动……

然后转笔写道：如今院中再也见不到父亲的身影，只留下他常坐的那只空落落的小凳子。

作者用这种强烈的对比手法，表达对父亲的深切怀念，捧读再三，叫人不能不泪眼蒙眬。

在《余生，写一封情书给你》一文中，有这样的描写：挥别漫长的黑暗，握紧沾了疼的甜美。任凭时光荏苒，不念过往，不畏将来，我想让自己在你的怀里过得风生水起。

与家人围炉夜话，我微笑着谈文学传奇——隔着窗，笑看着儿女们蒸馒头、炒白菜，一家人亲手绘出一幅浓浓亲情的水墨画。

这些文字流动着春天般的旋律，无比温暖，让人情不自禁地与你同行，走进春暖花开……

好作品是由精彩的构思与清新独特的文风烹饪的心灵盛宴，向晓金的文章正是这样，字字珠玑，仿佛用春天的晨露串成了一条彩虹般的文字项链，让人们置身在七彩的世界中感动欣喜，留恋这风和日丽、四季如春的大自然。

她在《回眸，那一径芬芳》一文中写着：九月绵绵的细雨像剪不断的离愁……房檐下的红灯笼，那么一直亮，一直红着，在心底闪光……

在《时光还在，你还在》里写道：我想要的很简单，时光还在，你还在。年华垂暮，满脸风霜。我们身边：一庭院，面朝大海，春暖花开……

这样的诗句带着温暖的感伤与春天的期盼，带着人间百味，怎能不让您心向往之，深入到那捕捉母亲的音浪、揣着父亲的微笑的亲情世界之中呢。

在作品《花开一树》里，作者更是歌唱道：你是我们心灵深处绽放的春天与期盼/你是生命枝头最沁人心脾的一抹色彩与嫣然/你是我们心中柔嫩的希望/你是尘世里最柔美沁人的春暖花开/你是人间最美的四月天……

这些如春天般温暖的作品，读出来的感觉是那么酣畅，洋溢着一种芬芳和甜美，让人一回回醉倒在春满人间的氛围里。

第二辑为《陌上花开》，全辑贯穿着“大爱”这一条红线，描写了绿水青山的家园与神州大地，以及作者那四季如春的大爱情怀。

春天中的万物，随风披拂，娇羞依人，千般姿态，万种风情，极具女性的阴柔美，让人感受到春天到来时百花盛开的浓烈及生命活力。

作者笔端的万泉河、大通湖、阿里山、九寨沟、满天星、洞阳山、山背、护邑塔……都蕴藏着春天的味道与故事，让人情不自禁地跟随着作者的笔墨，畅游祖国四季如春的大好河山，继而生出无限热爱之情。

向晓金格外热衷于通过文字抒情，写作时几乎毫无顾忌，尽情宣泄，极力张扬，大声呼唤，寄寓自己满腔的深情厚谊。她是让整个春天徜徉在无尽的爱的呢喃中，美景伴真情，令人沉醉。如这样的诗句：

每一缕春风里，都有桃红柳绿的芬芳/等你，编织紫色的梦/为你，我愿描一段蓝韵时光，低眉拈花……

春来了,种一枚明媚/我积攒了一个夏的烂漫,染红了秋的情怀/慢慢走,悄悄爱/湖南读书会,我们对您,除了爱,还是爱……

第三辑是《禅意春天》,这一辑主要书写的是禅意般的大自然,落英缤纷的人与事,以及灿如春花般的心路历程。一幅幅春天般的画卷栩栩如生地展现在读者的面前,让人久久沉醉其中。

向晓金心怀春天般的禅意,从爱出发,似乎可以一口气吹绿所有的荒漠,感受到爱的激情和永恒。在她的眼里,万物都是禅,都是美,都是浓得化不开的情真意切,都是人间最美四月天。

花都开好了,等你来执手春天/于岁月的枝头浅唱成清欢,于云水禅心里聆听花开的声音……/采撷一抹最美的春光,别在逆行者的长衫上/让他们心中的梦穿起五彩的衣裳。

捡拾春花片片,搭建一座鹊桥,采摘一瓣一瓣玫瑰,纺一曲红尘恋歌。如若相遇,大地为纸,时光做笔,画一幅最美的今生,与你。

通过这些丽词佳句,作者让整个春天徜徉在无尽的禅意绵绵的意境之中,把平凡或艰难的日子揉搓成诗意与美好。

向晓金的作品还非常接地气,她把身边普普通通的人与事,写成了有血有肉、让人感动连连的春天般的精灵,让人与事释放着春的魅力与阳光般的正能量,并一次次升腾起无边的大爱。唯愿"心中有爱,眼中有光,即是人间天堂,一路芳芳"。

在《花开无声》中,她描写一位含辛茹苦的母亲对叛逆女儿如春风般的爱,从而让女儿茁壮成长的故事:

"果然,她那瘦弱母亲正站在家门口左顾右盼,看见她气喘吁吁地跑了回来,只是轻轻地抱着她,柔声说:'复读一年初三,我陪你再尽力吧!'她噙着眼泪,重重地点了点头。"

在作品《禅是一枝花》一文中写道:

"在春的深处,我手捻珠链,印上晶莹的虔诚,悄悄地种下一朵花,一朵禅意的花，在心中。期盼能带给你、我、他以四季如春的美。”

读这样如泣如诉、禅意绵绵的文字，不禁让人感动连连，溢出咸涩的泪……

向晓金怀揣春天般的禅意，她笔下的每一微小的人与事，“每一棵花草，都开成了幸福花的眸”。

篇篇作品如瓣瓣心香，绽放在岁月的枝头，是灯，是路，是禅……仿佛抒情人间百味的歌谣正在“千年月色下”与“光阴握手言欢”，成“一抹穿透红尘的暖”。

第四辑《春天的微笑》，这一辑主要写普通人、身边事中所蕴含的情和意，言与行，微小中见伟大，平凡中透着不凡。

“春天的使者”于“尘世中的最美遇见”，终于有了最美的“春天的微笑”。

她的情怀，不仅诉说着“我们要把欢喜布满人间，要把鲜花布满人间”，而且更是要“把爱布满人间”。她有着对自然对社会对人类更为宽广的爱。

不一样的春天，不一样的文笔，诗情画意中含着坚强，声情并茂里传递着力量。这一辑里有平常人卓越的励志故事，用那些闪光的人物事迹谱写滚滚红尘中的感动，每一凡人每一小事都非常接地气且具有震撼人心的感召力，让人感悟：“真正的幸福，不是你拥有多少财富，而是你生活在大爱的海洋里。”

随着作者的笔尖，走进《春天的微笑》吧，这里会有您“尘世里最美的遇见”，也有您“红尘深处最美的暖”；因为“爱，一直都在”，爱比天高，您会“把爱带回家”。

作者向晓金言情，奔放洒脱，婉约暖心。从文集中我们能强烈感受到她那丰沛的内心，大爱的狂热，完美的追求，细腻的情怀，炽热的真诚，女性的柔媚。她的情怀，满是春光烂漫，满是音符漫舞，满是香飘四季。

这位春天般的女作者，在她的笔下，一草一木皆是温情，一花一蝶皆是风采。

用春风煮文字，用文字绘深情。她的作品就是这种温暖阳光的载体。读她的作品，您会觉得自己“站在春天的眉梢”拈花微笑，亦会“种下温暖，开出阳光”，惬意无比。

祈愿女作家向晓金年年岁岁、岁岁年年都能签收“春天的微笑”，“执一纸素笺，用明媚装点嫣然，折叠尘世里最闪光的印记”，“书写着最美乐章，诉说着春天的模样”，“于梦里摇曳成春的童话”，去“钓红尘流水为琴弦，钓一池藕白藏于心，钓一片用心血喂养的禅意春天，也钓芸芸众生的感恩情怀与绵绵不断的点赞喝彩”。

序作者简介

郭晶，艺名千水冰晶，出生于沈阳，现居北京。当代画家，主攻写意花鸟，2004 年拜国画大师杨铭仪为师，成为艺术大师张大千再传弟子，并荣获国礼书画家荣誉称号。中国女子书画院院长、中国国画家协会理事、中国美术艺术家协会理事、美国书画艺术研究院客座教授、美国西肯塔基大学孔子学院特聘艺术家、中央新影制作中心策划编导、中央数字电视台《经济与法律》栏目导演、中国和谐书画院副院长、全球华人祖国和平统一促进会副会长、世界华人实力书画家协会副主席。

目录

第一辑　倾听温暖

第二辑　陌上花开

第三辑　禅意春天

第四辑　春天的微笑

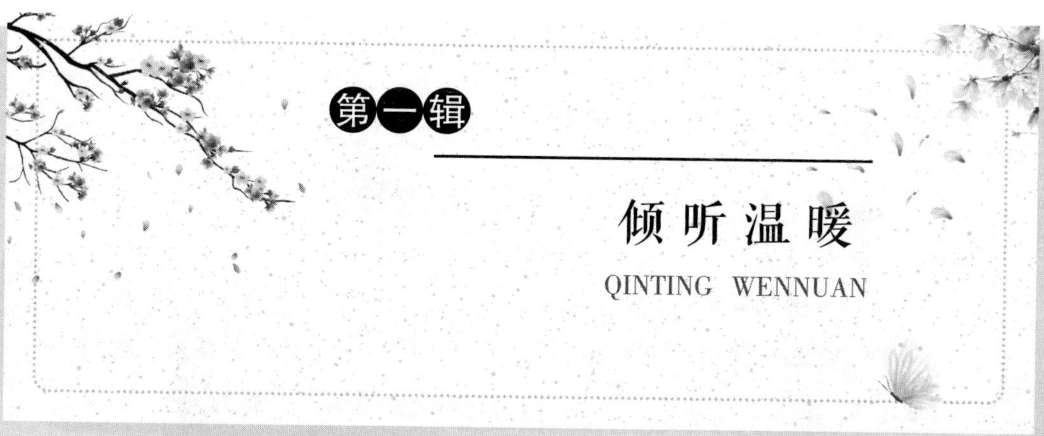

第一辑

倾听温暖

QINTING WENNUAN

与你同行，走进春暖花开

走进春天，走进春暖花开，与春天拥抱。

春天是阳光撰写的诗，是芬芳涂抹的海；春风拂过，握在手中的，是一段柔软而温暖的时光。

喜欢春天花开成景，花落成诗。那一片一片娇媚铺就的花海里，每朵花都有属于它的独特花语，每种花语都有一个美丽动人的故事。春天是姹紫嫣红合成的歌，是蓬勃生机涂抹的青春；鸿雁飞过，那萦绕心海的，是一串串奋斗闪光的足迹。

喜欢春天湿漉漉的梦，她在枝头上发芽，在水中遨游，在大地上奔跑，在蓝天上翱翔……今天梦里的新芽或许就是明天的参天大树，秋天的橙黄橘绿，成为祖国百花园里最娇媚的一朵朵芬芳。

走进春天，把心打开，让春风盈怀。

新柳吐芽，桃花初绽，梨花胜雪，玉兰卓姿，迎春花开了、杏花笑了……田园里飘荡着憨厚的乡音；阡陌上，鲜花遍地，春天的大地到处都是一张张彩色的地毯——芬芳四溢，柔媚眼底。好一派春暖花开，充满希望的季节！

走进春天，昂起头，与甜甜的春雨共舞。

静静倾听春雨弹奏悦耳的乐章：乐曲飘落在田野上，田野上小草绿了；飘落在花园里，花儿红了，空气香了，鸟儿乐了。好喜欢春雨，春雨像妈妈甘甜的乳汁，它把整个春天喂养得水灵灵的，它带给所有生灵以丰足的未来。

走进春天，满怀希望，与姹紫嫣红握手言欢。

我们尽情地吮吸着春日的阳光与芬芳，摈弃红尘中的一切负能量，淡然前行。串起身边无数点点滴滴细碎的美好，俯瞰生命中每一段生动以及鲜亮的历程，将美好与感动收藏，以芬芳生命中的每一个日子。

走进春的深处，静静倾听春天的天籁此起彼伏……

我细心捡拾这些娇美花语，执一分静好，与你同行，我们就一起春暖花开。

千水冰晶

——赠书画家郭晶

紫气凝墨，暗香浮动，冰绡凌枝人间色；凌风傲骨，花容盛装，千水冰晶神州春。

——题记

阳光，暖暖的；冰花，高洁的；梅红，媚色入骨，香瓣随风轻舞，碎锦缀地，是恰好的娇媚点染大地之灵。这样美好的，宛如我笔端一位叫着晶的美丽女子——巾帼画魂。她也总是在我的心里曼舞，灿若星辰，宛若惊鸿。

烟雨江南，风尘不动，晚霞深处，锦心飞渡，苍穹间纤云弄巧，暗夜里飞星传念，无不是我对晶的一怀痴心与祝福。

晶，用大爱行走于世，一身芬芳于昼夜中飘洒，每一息都是温暖守护。她是强枝任弱势群体栖息，是绿荫给孩子们庇佑。晶如随黎明来临悄然盛放的莲，融入那半池夜染的淡墨，浮起一线眸光，几圈祝福，还引来无数频频回顾的痴眼，清晨那岁月枝头绽开的颜色，是梅之红，凝露，让人在岁月的怀里幸福地啜饮。

正是北国那一方水土的神奇，孕育了如此雅致如诗如画的女子。仿佛我前世也曾与她相识，见过她"弹落三朝的情思，拨断五代的琴弦"。

感谢缘分，今生让我们牵手，共织一帘幽梦，梦一朵朵洁净的莲，成一枝枝傲雪的梅，人与山水相依，亦与岁月幽吟。

心,已执手晶,心已在翩飞,人意轻盈,双双如蝶。

“已是悬崖百丈冰,犹有花枝俏。”晶,似红梅,梅骨凛然,清雅高洁,有冰清玉洁之美。

我庭院的红梅花,是何时开得如此热烈?是晶吗?

一袭红衣染香,轻摇身姿,微笑又送我一缕缕清香,这是一种心灵上的慰藉,拂去了我所有的烦恼。这梅红,沁人心脾,入梦入心……

晶,用丰盈的爱卷走了我噙着的泪花。

晶,沿着淡墨香的长藤又攀进了谁的心间?

晶,请置一片梅红于掌心,让我悄悄理顺你一生跌宕的纹路。

晶,请摘一朵梅红贴于额上,让花儿代我偷偷抚平你的呼吸。

晶,让我笔邀晨曦朗月繁星,赠你一叶轻舟赴前程之朗朗;让我笔蘸春花秋蕊,念我们一生无碍,共享一段岁月之繁华。

今夜,我织流年的梅红当床,叠一园诗文当枕,任片片梅花的暗香熏染你的梦境,让这些写你的文字能静静汇入你的心底。

◎ 郭晶与杨铭仪合影

回眸，那一径芬芳

陌上那五颜六色的野花，那洁白的四季桂与白玉兰，还有散碎的雏菊和紫云英。转过山弯，竹林旁亮眼的就是那棵大枫树，满树的绿色小爪爪在风里招摇。唯一能与枫叶争锋的就只有香樟了，老叶的浓绿，新叶的嫩黄，于是老叶们干脆就一身通红地混于其间，一棵树就是一张色泽丰富的照片，可以让人瞧上好一会儿了。

然而，并没有谁会在樟树下站上好一会儿的。

因为这时候，漫山遍野的植物们各显神勇，一整幅大地就成了一张鲜活的油画，够让人痴痴看上整天也舍不得离开。

——题记

1

楚君总爱在我仰望的那片天空，展示一下他阳刚健美的身姿。

英姿飒爽的他像是在半空中画出一条优美的弧线，然后灵活地一个回旋，悠然地落下来。绿草如茵的草地这会儿像是他宽阔的练兵场。楚君露出深情又甜美的微笑凝望着我，那眼睛里写满了：看看，我这样帅不帅？

一曲《咱当兵的人》，歌声把我引入梦里。

那几棵四季常青的丹桂树又在飘出沁人的芳香了，那棵高大的柚子树挂满了果儿，还有柚子树旁那棵我们亲手种下的小树苗，现在已经长得像他一样挺拔健壮。这一切，他还记得吗？

——每年秋天的这个时候，我们几个总爱相约，漫步在山山水水之间，一起在小溪边玩水，捉鱼，或者去摘几个尚未成熟的青橘。

青橘子硬邦邦的，剥开了只有青涩的香味，尝一口却酸得发苦，于是大家皱着眉眼发疯似的笑……我们的欢声笑语泄露出无忧无虑的傻气，却是满满的青春气息，可以醉了心，醉了山水，醉了稻香，还有原野……

现在，丹桂又飘香了，柚子树又挂满了果子。可是你们却没有回来，难道不回来也能看到家乡？

我夜半的梦里，也曾喃喃呓语——全是儿时伙伴们温暖的名字，是儿时的校园与操场上低飞的蜻蜓，是村巷中那些高低不平的青石板，以及四季青翠欲滴的竹林防洪堤。

你们也是在梦里看到了这些吗？

2

九月，偶尔的几场雨，一场比一场更冷，这雨总像诗人的画笔，浓浓淡淡泛着忧伤，即使笔下都是花海，那花海也笼着淡淡的愁绪。

秋阳却是丰满的，它能描画出黄昏的田野，还有那些个在帮助乡亲们收割稻谷的人，是汗流浃背的梅儿、幽明、贵、英，还有你。

田垄里是无边无际的金浪，风过时，金浪起起伏伏，沁人心脾。小路上却有一片绿浪和一抹红在飘荡，那片绿浪是我们，那一抹美丽的红是你！

记忆里，这一切都被雕刻成群像，被描绘成了丹青，这些记忆就像挂在村口柿子树梢的红灯笼，就那么一直亮，一直红着，在心底闪光。

3

小幽默明来电话了，问我，枫红菊黄的时候回家乡吧？

我说，一定。

真希望我们儿时的几个玩伴能从百忙中脱身，都回。

我要折取山坡上最美的花枝，编成飘香的花环，亲手送给父老乡亲们最引以为自豪的你！

曾经，我们儿时伙伴一起学习，一起在河里嬉戏，一起拿着柳枝你追我赶，一起给生病的班主任老师找丢了的假牙，帮他挑水，还有一起春游的情景仿佛如昨。那欢快的脚步声还在耳边回响，那妩媚的红玫瑰，都是我们快乐的笑脸……这些回忆总是在不知疲倦地温暖着我的朝朝暮暮……

校园的白玉兰年年都开满了洁白的思念与祝福；多像你无私奉献的大爱情怀，那一片一片纯洁的白，串起我们一起牵手走过的无忧少年。我知道，故乡在我们的心中，从未走远，故乡的红枫绽放得轰轰烈烈，笑得是那样灿烂，那是在为她孕育的优秀儿女而骄傲和自豪……

4

“停车坐爱枫林晚，霜叶红于二月花。”这是我们都喜爱的诗词，因为故乡山坡上那一树树热情奔放的红枫一直在温暖着儿时的我们。我们在树下追逐，小幽默明爬上树采摘最美的红叶，我们为勤劳的母亲编织红叶花环……这些记忆总是在我的脑海里回放……因此我一直从骨子里爱着枫叶，爱着那漫山遍野的火红，喜爱那红叶的芬芳。

漫步于林中小路，看小桥流水，闻幽幽花香，聆听秋风在枫林中呢喃，仿佛日子也绽放成了枫红，满怀馨香。

喜欢这样的时光。

喜爱这样的天高云淡。

喜爱这漫山遍野的红叶，以及在红枫树下快乐成长的我们。

芳华谢尽，暗香残留，岁月永远带不走那缕缕芬芳。一切仿佛如昨，刻骨铭心。

走过无数个春夏秋冬，从容的心读懂了枫叶，读懂了桂花与白玉兰，读懂了阡陌上五颜六色的小花，读懂了四季，一切，都是那么温婉！

“一重山，两重山，山远天高烟水寒，相思枫叶丹”，“绰约新妆玉有辉，素娥千队雪成围。我知姑射真仙子，天遗霓裳试羽衣”，“遥知不是雪，唯有暗香来”……一些不知何年何月浏览过的诗句，便于不经意间跳到脑海里，挥之不去。

“黄四娘家花满蹊，千朵万朵压枝低。留连戏蝶时时舞，自在娇莺恰恰啼。”特别喜爱杜甫的这首诗，千朵万朵鲜花把枝条都压得低垂了。蝴蝶在花丛中恋恋不舍地盘旋飞舞，自由自在的小黄莺在花间不断欢唱……这情这景，仿佛就是曾经在花间嬉戏的儿时我们。是花的芬芳洇染一颗颗玲珑透明的心。徜徉在时光隧道，倾听叶子与风的对话，心，在稔熟里，固守一份安然……

一径芬芳，魂梦悠悠，一笔流年，淡淡温暖。满怀乡情，在百花与红叶中翩跹、释放、燃烧……

走不出父亲的双眸

我是溆水的女儿。

走出门前的石级，走过村口的橘树荫，走过万里长城，走过五湖四海，纵然我能走出万水千山，走过沧桑的人生，我却始终没有走出父亲的双眸。

我家世世代代生活在河畔。一条竹林防洪堤坝将庄稼地、房屋与水声潺潺的江河隔离，可江水的奔流声，南来北往船只的马达声、汽笛声，船上人们的喧闹声，鱼儿跃出水面的声音，声声入耳。在这些悦耳的音符陪伴下，我渐渐长大，故乡就在我大脑里镌刻了音符，还有最为厚重的一幅乡景图。

每天清晨，我能听到江堤上勤劳朴实的村民们匆忙的脚步声，他们挑着鲜嫩欲滴的蔬菜，或活蹦乱跳的家禽，到附近的仲夏场去赶集，或挑到较远的县城农贸市场去。我那勤劳善良的父亲也是其中的一员。

我常常会从护邑塔边朝东眺望，那儿能清晰地看见县城那根高高耸立的大烟囱，正用浓墨在蓝天上写字画画……

在父亲慈祥的双眸里，我与妹妹永远是他心中温暖可人的小棉袄，对我们倾注了数不尽的呵护与怜爱。虽然童年时候家里非常贫穷，常常只能吃着红薯饭和萝卜饭，可我们对家乡却从没有怨恨或恐惧，只有满满的欢乐与亲切。

夏天，我们有时会跟着父母到河对岸去，我们不坐船，而是蹚着浅浅的激流走到对岸，父亲去山上采草药，母亲则去山里砍柴。不一会儿工夫，父亲采了满满的两箩草药，母亲也砍了两大捆柴，动作敏捷的妹妹也砍了一担柴了，唯有不擅于农事的我依然两手空空。

跟着父亲挖草药的时候，我不小心把自己的小锄头掉到山下去了。此刻，我只能惭愧地低下头来。

父亲慈祥地望着我，他抚摸着我的头轻轻说："没事，下次就好了。"

回到家，我们帮忙把草药洗净、晒干，整理完毕，再包装好。

父亲就是用这些中草药免费给生病的乡亲和家人们治病，我们都能帮上忙，忙碌的时候就有满满的成就感。

秋天，江水清澈宛如一面明镜，这时候父亲会更忙碌了，他要挑着江水去浇灌岸边的橘子树与庄稼。

孩子们却不必去干这些体力活。此时的河滩就成了小孩子的乐园。

我与小伙伴们在河滩上捡漂亮石子，玩踢房子游戏，玩得不亦乐乎，常常会忘了回家。大人们只好来寻，我们就在大人们的再三催促下，三三两两离去，依依不舍地回家。

寒风刺骨的冬天，父亲会在晚上去河里放渔网，他说冬天好捕鱼。

第二天一大清早，父亲一手提着自己织的捕鱼笼网，一手提着装满大大小小各种鱼的竹筐，赤着一双冻得发紫的脚回家，但他却是一脸灿烂的笑。

母亲接过鱼清洗干净，再用柴火把鱼慢慢熏干，她将最小的干鱼分给我们姐妹解馋，再把好看的干鱼拿出去卖钱。

有时候我也跟着父母从轮渡码头乘船去溆浦县城，母亲在农贸市场卖鱼，父亲卖自己种的红橘与柚子，这些钱攒下来就是给我们姐妹的学费。

父母卖完了东西之后，母亲会给我们姐妹与奶奶买几块清香可口的糯米糕，父亲则给我们买些书籍，还会带我们去参观向警予纪念馆，进行红色文化熏陶。

这都是些幸福快乐的时光。扎着两条小辫子的我们最爱蹦蹦跳跳地跟随在父母身后，脸上还有两个甜甜的小酒窝……夜里，父亲经常是拖着疲惫的身子教我写字、背诗词。我如饥似渴地学习，进步极快，父亲看着我也总是一脸慈祥……

后来我上大学了。毕业后，在几百里之外的星城，我的梦中常常出现的是奔腾的溆水河，人来人往的轮渡码头，巍然屹立的革命先烈向警予铜像，挺拔入云的护邑塔，熙熙攘攘的仲夏场，锣鼓声喧、喊声震天的龙舟赛，可口的溆水河鱼干，还有父辈们种的瓜果，以及草药的芬芳与乡亲们病愈的微笑……

父亲开心地告诉我，我儿时的许多朋友与家乡的许多有识之士都在为留住乡愁，为保护溆水河奔走疾呼，屈原文化广场、警予广场、景观防洪大堤，还有村里多姿多彩的文化娱乐场，都成了一幅幅沁人心脾的风景……

我梦中的溆水河风情依然。更让人惊奇的是，仅仅几年时间，重新维修后的护邑塔、舒新城故居等地，又重新焕发出了光芒。

回家乡，看到儿时的场景，我找回了曾经的温暖与亲切，更增添了无上的自豪与荣光。

我深深地拥着父亲，静静地凝望着父亲的双眸，从父亲微笑慈祥的双眸中，我看到了一片片姹紫嫣红的花海、一张张如春的笑脸以及一幅幅沁人心脾的家乡画卷。

无论我在哪里浪迹天涯，走得再远，也走不出父亲深情如海的双眸。

也写春天，也写您

妈妈，春来了。您的生日也来了。这一天，您记得，我记得，春天记得。

南方的春天来得早，千万棵树都萌出了嫩嫩的叶芽儿，桃树梨树杏树樱树，漫山遍野，也一树树正含苞待放。小溪醒了，小河笑了，水里的小鱼儿又活蹦乱跳，水洼里有成群结队的小蝌蚪正游来游去找妈妈……

妈妈，女儿好想问问，花园里有没有一种慈祥花正如您一样，在四处播撒芬芳呢。

绿草青青，白云悠悠，征鸿过境，春燕归来。高高的枝丫上，一只尾巴长长的鸟正在侧耳倾听，也许它想把清风的声音囤进耳朵呢。一排排松树正从容地迎接春来时的盛宴。

妈妈，春，来了！您，来了！

想起您来了，女儿便会嘴角上扬，心便会盈盈地温暖起来，仿佛心上也有桃花红了，有樱花开了，心软软的就像杨柳枝儿似的。

妈妈，时光如梭，我都二十二岁了。呱呱坠地时的小毛头孩子，如今也亭亭玉立，青春飞扬，也经历了风雨和欢笑，而原来青春美丽的您呢，如今却满头霜色，您的脸上布满了皱纹。然而我们却在这寒来暑往里更迭成了一幅温情的画卷。

您说，我出生的时候，家里只租住在一间 9 平方米的木房子里，我们的厨房是在走廊里，您怀着我的时候天天都吃自己腌制的萝卜条与酸菜，还满心欢喜。再拮据的岁月里，您的日子总还是充满着幸福的。

在我的记忆里，您每天匆匆忙忙去上班，晚上与休息日还要给学生们补课。

虽然劳累，您却从不舍得给自己穿好的、吃好的，反过来还总给我买上好的营养食品。别的孩子吃什么好东西，您总想方设法让我也有，自己却吃着萝卜白菜，还要把微薄的工资寄一部分给乡下的爷爷奶奶和外公外婆。

日子再清贫，您总是领着我们安心过着快乐的日子。我知道，在妈妈的心里，从来就没有认为自己贫穷过。您总说——心灵的富足，远远胜过其他东西。

妈妈，我怎么能够忘记呢，从前，四月天里，小小的我吹奏着小小的葫芦丝，陪着我的，是最爱我的妈妈……

妈妈，记得您时常对我讲励志的故事，还有一些名人名言，有几句话一直还在我耳边回荡：每一棵果树上都会有两种果子坠落，一种是尚属青涩，一种是趋于成熟。成熟的果子总会被人拾起，而青涩的果子却会被人践踏而腐朽。您说这是您最崇拜的女作家丁立梅的话，您说让我天天读，会慢慢感悟，您说要与我一块儿成长。呵，妈妈，我如今懂了许多，身心都在慢慢丰腴。

妈妈，每天我都看着您，您的白发也一日日增多，老年斑与皱纹也一天天加深。那天，我看着您对着镜子用小镊子把它们一一拔去的时候，我的内心一阵阵心酸，妈妈对不起，是我让岁月偷走了您青春美丽的容颜。

写到这里，女儿的眼睛起雾了。妈妈，我准备停下笔来，去春风里走一走，去花园里看一看，去小河边听一听，看看有没有遗落的记忆正开在某个花瓣里，淌在溪水里，或者落在校园的长凳上，正等待我们用温柔的情怀去轻轻捞起。

妈妈，我心里时常萦绕您告诫自己的一段话：在尘世的琐碎里，谁的心能永不疲惫？谁的故事里能没有伤痛？只要能挺过那些冷暖交织的时候，自然会苦尽甘来，春暖花开。

妈妈，春暖花开了……百花你追我赶、轰轰烈烈地绽放着呢。那青草绿地，那生机蓬勃，那一抹暖暖的风景，还有那群与您一样总喜欢带给人们春天般温暖的人……

好美啊，美得让人心醉！妈妈，我知道这一切的美都和春天里的您有关，我想悄悄地对春风与您说：喜欢春天，喜欢您！

因为有您，我的世界，春暖花开。

（雪儿　红帆）

一路有你春暖花开
辛丑迎春
郭晶

遥寄一缕家乡的菊香

“采菊东篱下，悠然见南山。”喜爱菊花，是从喜爱这些有关菊花的诗歌开始的。

从小，爱好文学的父亲就经常教我背有关菊花的诗。空闲的时候，扎着两条小辫，还背着小背篓的我，就跟采草药的中医父亲去山野采药，从春到秋，遍地山花随风摇曳，香气扑鼻，沁人心脾。

父亲一边采着草药，一边告诉我它们的药用，也有一些没名字的花，大家统称它们为野花。当父亲把五颜六色的菊花一一告诉我时，我满心喜欢。这些顽强的精灵，面对风霜依然挺立含笑，不愧为花中四君子。

野菊花可药用，可美颜，又可以观赏。父亲一边采摘，一边充满怜爱地给我说东说西，他背上的大背篓里，有青青草药的绿意与芬芳花朵在荡漾。

野菊花一丛一丛，漫山遍野，它茎色嫩绿或褐色，色彩丰富，有红、黄、白、墨、紫、绿、橙、粉、棕、雪青、淡绿等斑斓色彩，清香四溢。每一次，我与父亲都会用随手携带的小锄头挖几株回家，栽种在房前屋后的菜园子里，日积月累的，满园都栽着菊花，我天天浇水，静待花开。

来年的春夏秋季，菊花就会绽放笑靥，芬芳四溢。村里的人都爱来我家院子里，有的人端着一大碗饭，边吃边呼吸花香；有的人来这里谈天说地，有的来这里采摘菊花，制作菊花茶或菊花枕……络绎不绝。人们在院子里行走，在花香中呼吸，惬意万千。父亲一边免费给乡亲们看病，一边利用业余时间看书学习，是花草与书籍的芬芳，以及母亲为我们兄妹制作的菊花枕头，串起了我快乐无忧的少年时光。

长大后，在一本书里，我被这样的句子吸引：“吸进的是鲜花，吐出的是芬芳。”

原来，一呼一吸是这么好，活着是多么美好与诗意，尽管人生充满艰辛，但是苦也乐之。我不由得想起老家院子里的菊花，想念那些长在田垄小径或山坡上的菊花，那些极灿烂的模样。

“待到重阳日，还来就菊花。”我还喜欢孟浩然的这句诗，中国人有重阳节赏菊和饮菊花酒的习俗，可见菊花在中国人心目中的分量；在古代神话传说中菊花被赋予了吉祥、长寿的含义。

而作为观赏的菊花曾由中国传至日本，17世纪末的荷兰商人曾将中国菊花引入欧洲，19世纪中期引入北美，此后中国菊花遍及全球，这也可见华夏文明的源远流长。

“菊残犹有傲霜枝，此花开尽更无花。”在百花凋谢的秋天，在落叶成堆的大树旁，在漫山遍野的枯草丛中，在房前屋后的旮旯角，都有野菊在灿烂开放，毫不吝啬地吐露芬芳。

菊花的花瓣不大，却都偏向中心，给人一种非常团结的感觉。有人喜欢艳丽堂皇的牡丹，有人喜欢色彩浓郁的玫瑰，我却喜欢傲然挺立的菊花。

菊花傲霜耐寒，千姿百态，是最能呼唤文人墨客写作灵感的花卉。北宋词人晏几道曾写过：“黄菊开时伤聚散，曾记花前，共说深深愿。重风金英人未见，相思一夜天涯远。”

五代十国时南唐国君李煜的《长相思·一重山》，“……菊花开，菊花残。塞雁高飞人未还，一帘风月闲。”这脍炙人口的词在解说着：菊花开了又落了，时令交替，塞北的大雁在高空振翅南飞，可是思念的人却还没有回来，只有帘外的风月无思无忧。可见菊花也造就了一代又一代文学才子与佳人。

枫红菊黄时节，妹妹来电话了，她兴高采烈地说：“家乡老屋前的园子里，菊花又绽放了，香气浓郁，五彩斑斓的，醉了山风，醉了乡民，仿佛大家的日子也开成了菊花。姐，回家吧，儿时的伙伴们等你一起赏菊呢……”

我一定会抽时间回家赏菊，虽然我现在居住的城市四处菊花飘香。但是家乡山坡上、阡陌小径边，老爸屋前那些随风摇曳的菊花，总会出席我美好的回忆。家乡的菊花大气磅礴、迎风斗霜，开在了我们的心坎上，给人以阳光和力量。

请邮寄一缕家乡的菊香，先解解我的馋，我恳求着妹妹。

好呢，好呢！姐，我马上去园子里采摘一束最美的菊花，快递到省城。电话那一头，妹妹灿烂地说。

此刻，仿佛缕缕菊香缠绕着我的天空，芬芳我生命的枝丫。

花开一树

春天来了,你来了。这是花开季节的一片生机,是山暖水暖的人间四月天,是花笺上最柔美、最浪漫的诗篇。

玫瑰开了,你来了。蕴含着春暖花开的芬芳,你的如花笑靥吹红了园里的紫薇花,轻灵与婉约在春的光影中翩跹。

小荷绽放了,你来了。带着人间四月天的浪漫,你的眼睛似星子,柔情在暖风里流淌。

茉莉花香了,你来了。细雨点洒在花前,暗香盈袖;那纯洁而烂漫的芳姿,明媚了岁月,芬芳了生命。

你是五月的女王与夜夜的月圆,你是风中初放的芽绿,是我们心中柔嫩的喜悦,是满怀爱与希望的天堂鸟,你是一树树的花开,你是"景秀蒙汜,颖逸扶桑"。

你是我们心灵深处绽放的春天,你是生命枝头最沁人心脾的一抹色彩,你是尘世里最柔美沁人的一次花开,你是人间最美的四月天。

〔注〕此文写在小姜一的生日,姜一是小寿星的小名,她的本名:姜颖逸。

绽放美好

小区里的一排排红枫，红得喜人。

初秋的清晨，太阳光还不是很强烈，可是，枫树上的每一片红叶都在熠熠闪光。几只小粉蝶在树梢盘旋。这让我惊讶，小粉蝶也有翱翔的时候。

今天，你早早起来了，来我房间，抚摸我的前额，又亲亲我的脸，洗漱完，匆匆上班去了。

我的心，阵阵发暖，就那么被你抚得柔软了。宝贝，从你出生到参加工作，就最近几日最可爱，让我欣慰无比。

从小到大，你可没少让我们操心。虽然你也给我们带来不少欢声笑语，但还是操心多于放心。我们一直操心你的学业，操心你的工作，操心你的为人处世，操心你的一切一切……致使我夜不能寐。我一直感觉你就是那没有坚硬翅膀，且也不愿意飞翔的小鸟，想一直依附着我们……

但如今，你居然成为大学老师了。

你对我说，你要刻苦认真学习，因为学海无涯。

你说考博、考驾、考大学教师证，你样样得认真努力，争取都顺利考上。

我说，得，收之；失，亦收之。相信，努力的人生花会一直在开，树会一直在绿，枫叶依旧是红色，你还是我们的宝贝。

可你总用行动在说话。你与同事们把自己关在办公室里，日日夜夜，终于获得高校辅导员能力比赛全省二等奖，同时也将高校教师资格证书摆到了我面前。

你说，妈妈，我会牢记你的话：男人的姿色在事业。我得加油，让自己的姿色魅力无穷……

我经常给花园里的菊花与红枫浇水、施肥。一夜不见，菊花又有三朵绽放了笑脸，在阳光下娇媚欲滴；红枫，也艳丽得仿佛沾染了秋的烂漫情怀。

呵，生命真是奇妙，总是在不知不觉中绽放美丽。如可爱的你，也在不断地绽放美好。虽然成长的路上充满疼痛与艰辛，但更多的是绽放欢喜与美好。

轻轻抚摸着你送我们的生日礼物，静静翻着你一张又一张的获奖证书，轻轻拭搽着你从泰国买来的化妆品，一阵阵暖流涌遍全身。我深深地知道，或许你只是一只寻常渺小的蚕，是淹没在万丈红尘中的平凡人。可于我，你是我的唯一，绚烂无比。

我始终坚信，只要你一次一次付出努力，终会破蛹成蝶，翱翔于蓝天白云间。

种爱

黄昏。野菊花在一所山村小学教室外静静地开着，像一片黄色的地毯。

一位帅气的男孩刚给生病的老师挑了满满的一缸水，又马不停蹄地去打扫脏兮兮的教室，不一会儿，教室一尘不染。可几位顽皮的男生却对此不屑一顾，总爱讥讽小男孩拍老师马屁。那男孩只是转过头来看看，一副并不在意的样子。

野菊花一年年绽放，小男孩的言行一如既往。他的成绩也非常优异，深得大家的赞赏。小男孩名字叫民，他在自己播种的爱与阳光里渐渐长大。

民考上县城重点高中，三年之后又考上了医学院，即使到了陌生的大学校园里，他的爱心依旧在温暖着很多人。

一个飘雪的冬夜，一位曾经谩骂侮辱过他的大学同学患急性肠胃炎，他一马当先地背着那位同学就跑去了医院，他把自己的生活费垫上交了住院费，课余还去医院继续照料他，他主动帮这位同学补课，使他很快就痊愈了。可是，民却为此一连吃了三个月的咸菜与窝窝头。他费了时间照料病人，吃着最差的伙食，却在期末考出了名列前茅的成绩。

那位同学被民的人格感动了，从此与他一同认真读书，业余时间一起去做公益，在敬老院与山区留守儿童身边，都留有他们的身影。看到孤独老人的笑脸和贫困山区孩子的进步，那都是他们最开心的事情。

一张张“三好学生”与“优秀班干部”“优秀志愿者”的奖状，一叠奖励的笔记本，许多奖品堆在了民家里的小书房，村里的人都为他竖起了大拇指。

家人为之欣慰和自豪，民却把这些赞扬当作一种新的鞭策与奋斗的动力。

如果我们每个人都用微笑的眼神以及阳光的言行去感化黑暗，我们是不是就能修成一颗菩提心？

民也许没想过这些，他只是踏踏实实地行动，把帮助他人当作自己的人生信条。

五年大学生活在紧张的节奏里结束，民成为一位县级医院的医生。他工作一丝不苟，兢兢业业。单位给他提供了住房他不肯住，却坚持要住到医院科室的值班室里，他说这样才能更好地向前辈们学习，及时为患者服务。

科室领导要去开会，同事家里有了急事，他都抢着代班，有时候甚至48小时都没休息。他总是“泡”在工作中，还不止如此。民还经常背着年老的患者去其他科室看病，给家境贫寒的山区患者买饭买药，他一个月的工资总是所剩无几，但他始终一脸的阳光与微笑。

就是这样，民的医学水平突飞猛进，从医师到主治医师，再到副教授……一路艰辛一路歌。经民诊断并治愈的病人不计其数，民的名字刻在了千千万万患者的心海——名医栏目里。同时，民仍是父老乡亲们公认的好儿子，是岳父家乡啧啧赞赏的最优秀的女婿。

家里家外，同事或患者，他是公认的好。

走到哪里，民都牵动着大家的目光，他总是感动着大家的心。去上级医院进修学习，民是专家们的好学生。去给山区医院或给下级医生们义务讲课，民又能讲得有声有色，将重要的知识进行通俗易懂的传授，他不厌其烦地讲解，深得学员们的喜爱。如今，民的徒弟们遍布湘西，而且在民的影响和教导下，他们的医学水平同样个个都很精湛。

此刻，民已年过半百，然而还有足够长的职业生涯需要他奉献。

民一辈子到底是为了谁呢，看一看数一数，他就是为了党，为了国家，为了医疗事业，为了人民的健康，为了传播爱和希望，让人世间因为他的存在而变得无比美好。民就是整个春天。

曾记花前，共说深深愿

古朴的村庄，依山傍水。

金色的秋阳下，红叶映窗，处处是秋声。小院篱墙，黄花一丛丛，桂花雨飘飞，在西风中吐展绝世芳华，风景这边独秀。喜爱这素有“小桂林”之称的湘西小山村，更喜爱这里住着一位如秋菊一样傲视风霜雪雨的，名叫莲的女子。

莲与帆是亲姊妹，成绩优秀的莲为了减轻父母负担、为给姐姐帆赚钱上大学而辍学，后来就嫁到这个原本贫瘠的小山村，最后在这里生根发芽、开花结果。

帆曾在一首散文诗里这样写道：

“走出田野，走出寒门，走上人生的舞台；妹妹，你是我心中的痛，我一路清歌，是一路踩着你的臂膀。贫瘠的黄土地上，母亲是根苦瓜藤，结不出茁壮的瓜果，供不起几个孩子考大学。妹妹，因此你就走向了辍学之路，任我这一路踩着你瘦弱的臂膀。

忆往昔，我们吃着红苕饭，我们穿梭于家、学校和农场，我们刻苦学习，我们天天向上，我们挥洒汗水，也捧回了一张张奖状。我们的欢声笑语总是在家乡的上空飞扬。

灼热的铁轨上穿梭着我赤脚的妹妹，风霜雪雨中撑妹妹的油纸伞。我的粮米，我的油盐，我的笔墨，我的学费……妹妹，你在奋力为我扛梯，我在梯上攀登；妹妹，你是在为我默默付出青春，让我能在春的枝头绽放绚烂……”

“是节东篱菊，纷披为谁秀。”杜甫这首诗，可以说是对莲的最美诠释。

莲爱秋菊，也是秋菊的影子：守节，笃静，绽放，是花中君子，有着独特的品格和气质。岁岁年年，菊都会赴一场西风的相约，于是在菊的风姿里，秋美出了一方风骨。

帆还写道："如今，妹妹，你成了山村里最勤劳的小芳。春天，为我送来嫩笋；夏天，为我送来西瓜；秋天，为我送来鱼虾；冬天，为我送来红梅。妹妹，望着你如丁香一样娇弱的身形，我只有说不出来的一阵阵心疼……

走过门前石阶，走过村口的橘荫，纵然我能够走过千山万水，走过沧桑的人世，妹妹，我永远也走不出你辍学时流泪的双眸。妹妹，你是我心底那支流泪的红烛……"

莲为了姐姐无怨无悔地付出，成了姐姐心中的丰碑，也成了姐姐心中最美的痛。莲还用她的勤劳和善良，赢得了村子所有人的尊重。

她不畏艰苦，用汗水浇灌出飘香的瓜果，牵手村民们一起脱贫致富。

想当初，莲刚嫁到丈夫家时，连饭都吃不饱，萝卜、白菜、红薯也不能完全满足一日三餐的需求，因此她的一双儿女饿得面黄肌瘦，可她从不向娘家诉苦。即使有时候孩子没有人带，莲也是用背篓背着孩子，肩上挑着一担红薯……如此辛劳，她也还一脸灿烂，俨然一朵最美的傲霜之菊在绽放。

她与丈夫始终在想方设法去改变贫穷的家境，前后带领乡亲们种过食用菌，种过红橘与菊花，养鸡养鸭，也去家门前的小河里捉鱼熏干，忙碌的时候也曾通宵达旦地劳作……然后把劳动成果拿到城里去卖，终于有了可观的收入。

后来，莲带动了部分乡亲勤劳致富，大力改善了家乡的面貌。原来破旧的木房子被井井有条的红砖白瓦替代，柏油马路代替了泥泞小道，这时村里的路也修好了，交通四通八达，使乡村变成了风景优美的"小桂林"，吸引了许多人前来观光旅游。如今，已到中年的莲与部分村民还在城里买了房子，过上了富足而幸福满满的日子。

"黄菊开时伤聚散，曾记花前，共说深深愿。"这是莲与姐姐帆最喜欢的一首词，也是她们青涩记忆里的一卷画。回眸曾经的点点滴滴，莲欣慰地笑了。

紫薇花开

"似痴若醉丽还佳，露压风欺分外斜。谁道花无百日红，紫薇长放半年花。"

喜欢那一树树娇媚欲滴的紫薇花，它就在我家对面小区里轰轰烈烈地绽放，弄得半个小区都是它的清香。

流火的七月，合欢、夹竹桃这些夏令的花儿开得正热热闹闹，紫薇花赶上了趟儿，也一树树地绽放，如同哗啦啦打翻了颜料桶——紫的，白的，红的，蓝的……一径泼洒下来，如云锦似的将整个小区都笼罩了，于是小区这里一片那里一片，飘满了吉祥的云彩，漂亮得像要来拍戏似的。

浓郁的紫薇芬芳缠绕着我们左邻右舍，走过路过忍不住翻出手机来拍个照，照个合影，笑脸就在花树后面摆了又摆，也不知道是在偷偷亲吻紫薇花呢，还是不小心被紫薇花偷吻了。

非常喜欢一位常常在紫薇树下领舞的女子，她叫瑛，经常一袭红衣，如紫薇仙子。她身材高挑，皮肤白皙，像紫薇花一样迷人。后来我才知道，她是一名白衣天使，对工作兢兢业业容不下一点随意。有一位被她医治好的病人给她写了一封感谢信，信里说：输液瓶里滴着你美好的期望，处方纸里刻着你细心的叮咛，小小的药丸里包含着你赋予的生命之春。你是生命的守护神，你用智慧和真诚托起了我生命的阳光……

工作以外，她笑容和煦，极具亲和力，教邻友们跳舞，格外有耐心。

而且，无论季节如何变化，紫薇树下总有她的翩翩舞姿，这是瑛在义务指导健身舞蹈队的队员们在练习，队伍里甚至还有她治愈好的患者呢……

瑛有时候也在紫薇树下与爱心人士策划一起去山区做公益的事情，每次她都一马当先地捐款捐物，感召大家有钱出钱，有力出力。在她的精心策划与努力下，一场又一场爱心活动都圆满完成了。

当医生已经很忙了，还教跳舞，做公益，她忙得过来吗？

看上去，瑛是比较瘦弱的，显得娇小，可她的身体里却能量无穷。在读书会的公益活动之中，她居然能轻轻松松地把一百多斤一包的书籍给搬到车上，叫人大跌眼镜。如果正好休息，她还会亲自驾车去山区献爱心，一路风尘仆仆、一脸疲惫的她，依然一脸灿烂。

瑛如紫薇，繁花盛开，总是沁人心脾。

我愿瑛如紫薇花开，香满人间。

我也愿像瑛这样的人更多一些，就像紫薇花开满园。

安然一隅，修篱种菊

“采菊东篱下，悠然见南山。”

喜欢陶渊明的这首诗，更喜欢秋菊的姹紫嫣红，千娇百媚，傲视风霜雨雪。

菊储存一个夏的炙热，只为蓬勃秋的芬芳。深秋，在人家的篱笆边、屋檐下，在阡陌小径，在人们相望的山坡……菊花兀自开放、兀自欢笑。

羞涩、深情，随着秋风一浪一浪舞动，层层叠叠涌动的相思，流淌成涓涓心语。随便一束黄色的花影，都藏着祝福的诗行。字字句句都裹着期盼，圈圈点点都写着祝福。

迎着风霜，菊屹立在秋的枝头，以痴痴情怀点燃菊香，燃烧自己：在篱笆边，菊倚着篱笆，似篱笆家养的女儿，娇俏的，又是淡定的，有过日子的逍遥与对美好未来的憧憬。

在原野上，在相望的山坡，在旮旯角，菊一朵朵，一簇簇，一片片……绽放笑颜、五彩缤纷，灿烂着秋的热烈。清亮的眸子，素净的纱裙灵动，朵朵皆柔美含香。风起时，裙裾飘逸，曼妙一曲华尔兹，沁人心脾。

我对菊花情有独钟，甚是喜爱与钦佩。

儿时，我也曾喜欢古装电视剧里仕女云鬓高耸，发上簪菊，衣袂上绣菊，极美。于是去野地里掐一捧菊花回家，妹妹与我就仿照着仕女的样子为各自梳头、簪花，然后悠然自在地顶着菊花头四处闲逛，哄得全家人与左邻右舍又笑又赞，一片欢声……尽管那时光已远去，可热烈的喝彩声与满头菊花的清香依旧还烙在心头，让人在回味时忍不住含笑。

也非常喜欢如菊花一样顽强、执着、无视风霜雪雨的人。

在浙江的亲戚冬春夫妇身上，我就看到了秋菊顽强的影子，让人情不自禁地要为他们点赞。冬春夫妇承包十多亩山地，栽种菊花。他们起早贪黑地浇水、施肥、压土；他们家的菊花总是比别人家的开得更多更好，满地黄灿灿的，像铺了一层阳光，或是一层金子。

冬春夫妻就根据需要，将有的菊花做成了漂亮的菊花盆景，有的制作成花朵满满的花篮，有的采摘下来晒干了泡菊花茶，还有的做成了菊花枕助人安睡，甚至还能制成菊花蜜……销售给有不同需求的人们。因此，他们也将生意做得风生水起，日子过得红红火火了。

我一直有一个梦想：安然一隅，修篱种菊。

我在小区大门口那家店买了一盆菊花，开黄的花瓣，拢着黄的花蕊，极尽温暖的一朵朵颜色。我每日都认真浇水，就期盼着菊花开时那朵朵绽放的清香，能焐暖我的记忆与秋情。

一天晚上我做了一个瑰丽的梦，我梦见那盆菊花成了一片花海，但其中有一朵菊一直在翘首凝望夕阳，那花瓣儿上还有一滴闪光的清泪——是爱？是忧伤？是期盼？

……菊花瓣儿就这么生动地演绎着一首诗的温婉缠绵。

蜜蜂在花海里随着菊花飞舞徜徉，任秋风嬉戏着，“嗡”一声就飞向山坡那边去了……

山坡上传来牧童的笛声，轻幽，婉转，随着稻浪和菊香一同在秋色里流动。

啊，那是些自由和欢快的旋律，给花海吹送来的背景音——用这笛声和花海能驱逐一切悲凉和伤痛，只将坚韧亮丽的深秋留给人铭记。

“已识乾坤大，犹怜草木青。”

唯愿我还能随菊花播种下美好的未来，能有与日月交相辉映的未来！

唯愿我能安然一隅，心素如简，只修篱种菊，用静好的初心供养我的世界！

请您，给世界种一片不老的明媚

一步一步，四十度春秋，您用炽情把万千山水踏遍，尝尽数千万花草，一池碧水泛滥您的辛勤汗水与草药的芬芳；一步一步，您腕运麟角，劈开中医殿堂的门禁，穿堂入室，坐享中医王冠的尊荣。

您虽自然璞玉，却用虔诚请国内外高师打磨。集当代众多中医巨匠的倾囊，一层一层垫高您的医学造诣，让您突破乡野粗糙的平凡；一次、百次、千万次，您把李时珍和孙思邈的神奇妙方，把《黄帝内经》以及《华佗传》《扁鹊三见齐桓公》烙进脑海；一次、百次、千万次，您不厌其烦地给无数患者解除痛苦，为大家安稳了生命的春天。

您用人格的高尚丰盈望、闻、问、切的神韵，您用胸襟的开阔厘清花草山河的风骨；您用"一根银针、三个指头"阐述阴阳五行的奇妙，诠释"救死扶伤、悬壶济世"的初心；您如饥似渴地读经典、重临床、做功德，将中医这瑰宝传承与发扬。

您穿梭山间寒舍与城市高楼，您闯曼谷、进哈佛，阅尽人间冷暖，您用花草为世界涂抹生命之春。您用心守护生命与身体健康，无不闪耀着您的大医精诚与医者仁心，闪烁着正能量和真善美的光芒。

春光有意花才美，秋色无婪果更香。您的一程汗水跌落，盛开一段又一段春天的繁华，终于迎来秋收的季节。且看您的城池累累硕果香飘万里，那点燃众生的一花一草被迎入王谢大院，因神奇而漂洋出海，也因缘际遇而飞入寻常百姓家,三丈红尘因此充盈生命蓬勃的灿烂笑靥与芬芳。

上善若水,大爱如阳。您似禅心蒲公,有润泽万物的势态,像阳光,总是在温热处处贫寒。就请您继续挥起如虹之术,以不歇之精力,为这个美丽的世界种下一片不老的明媚吧!

等我，把满山的雪花为你点燃 

记得那一年的冬天特别冷，那一年的雪也下得特别大，雪花漫天飞舞，大地一派银装素裹。父亲去屋后结了很厚冰的树林里找柴火回来取暖，我和哥就挤在一个小旮旯里浑身发抖。

“哥，我冷。”

“来！”哥把刚用身体焐热的被子递过来，“二妹，爸一会儿就回来了，你忍一忍啊。”

我点点头，但我看见哥那单薄的身体正在瑟瑟发抖。屋外的风刮得正猛，雪花依旧在空中肆无忌惮地乱舞。

许久，哥突然问我：“二妹，你喜欢读书吗？”

我笑着使劲点点头：“喜欢！”

哥用颤抖的手抚了抚我的头发，冲我笑了笑：“二妹，你笑起来真好看！”

屋外响起了踏雪的声音，是父亲回来了。

“大儿，出来一下。”

也不知道父亲和哥在外头商量什么，我侧过去听，偶尔还是听到了几句。

“决定了吗？”父亲压低声音问。

“决定了，让二妹读书吧，她成绩比我好。”

“不是爸不让你读书啊，你看家里的情况，你也知道。唉……”

来年的春天，哥不再上学了，而是拿起柴刀，每天起早摸黑地到后山去砍树。他经常说:砍一天柴能挣 10 块钱呢,过不了几年,我就能把二妹上大学的学费挣足了。

哥有个习惯,总是在饭后来我的小屋,让我教他认字。我教会他一个字的时候,他总是说"读书真好"!听到哥这样说,我的心里总是泪流不止。我不忍心看着年迈的父亲过得这么辛苦,也不忍心看着哥年轻的脊背过早地被压弯。可是,我也没有别的办法呀。

记得有一次,我惹哥生气了。

"哥,明年我不读了,你去读吧,我们换着去读书,好吗?"

"傻二妹,你怎么这么傻呢。哥太笨,读书也读不出名堂,以后你不许说这样的话了,咱家以后就靠你,你要争气啊,争取考到一中去读书,那你就是我们家的骄傲了。"

"哥……"我欲言又止,泪水又一次在眼眶里打转。

就这样,一直到我即将升入高中的那个暑假,哥还在山上砍树。他说,要为我挣够学费,还要多挣点生活费,在学校里要吃得好才有力气读书。那个暑假结束后,哥就决定去外面闯一闯。

时光荏苒,一晃就是两年,哥都没有回家过一次。我知道,他是嫌路费太贵。

可哥却总是每月按时给我的银行卡上打来 1500 元生活费,还时时刻刻嘱咐我要吃好,穿暖,争取考上重点大学,让家人骄傲,为山区的村民们争光。哥还说,他已经攒了 2 万块钱,准备供我上大学用……

咸涩的泪总是在我的心里流,那个晚上,哥那双温暖又坚定的眼睛,一直是我前行的动力与温暖的源泉。

我暗暗在心里发誓:"哥,我一定不会让你失望的。等着我,等着我学成归来,我会用学到的知识,为我们村的孩子们把智慧点燃……"

(红帆　红梅)

那一抹新绿

时光匆匆地行走。七月，满目绿色苍翠欲滴，生命的颜色在夏日里愈演愈烈。

检点心情，我于忙碌中回放曾经的过往，有点点疼痛，有串串思念，有几许忏悔萦绕心头。

桌子上摆放着父亲在生前为我做的那个漂亮小书架。当时，只为我说了一句——市场上买的书架不耐用。父亲便到山里的亲戚家去伐回来上等好树，再去市场买回上等钉子和我最喜欢的深蓝色油漆。父亲戴上老花镜用颤抖着的手指为我做小书架，说是小书架更便于携带。那是一连七个通宵达旦的日子，父亲在我的一次次监督和挑剔中终于完成了小书架的制作。每每看到父亲噘着被钉子扎得流血的手指，看着他那微驼的背和满头的霜花，我有点难受。可我常常都忙于工作，无视了满头银发的父亲正在一日日苍老，还在时刻为我操心和忙碌着。

有些人，有些事，总是等到失去之后，我们才会去反思和忏悔。

等父亲永远地离我而去，我才明白，最深的情是无言的牵挂，也是那无尽付出的丝丝缕缕。每当我看到父亲常坐的那张板凳，如今空空无人，我就会心如刀割。每当我感慨父亲当年多么能忍受我的臭脾气还满面笑容，依旧对我关爱备至，那该是多么不容易时，我便会心如刀割。

父爱和母爱一样，都是多么伟大和无私啊。

如今花园里的栀子花散发缕缕清香，真想采摘最妩媚的一朵，别在父亲的青衫上，让馨香缠绕他的每一个日子。可父亲此际却只能在天堂里凝望我。这样一个小小的心愿我都无法去实现了，我无法去回报父爱，唯能任咸涩的泪水飘飞……这就是子欲养而亲不待！

花开当珍惜！唯有珍惜现在身边的每一位亲人和朋友，每一株小草，每一朵小花，甚至每一个小生命……每一种存在，日后可能都是你回味时最美的财富。

静坐窗前，放眼花园，一片绿意盎然，我凝望着桌子上深蓝色的小书架，思念一波接着一波，无穷无尽。我慵懒地伏在书桌上，静静地看着窗外那一抹绿，祈求它能够给天堂里的父亲捎去我深深的怀念和祝福。

七月的风轻轻吹拂过长夜，惊醒了一片新绿，这绿是生命的主题色。剪一米绿意，与梦为邻，存放在我的生命里。拾一片诗意和美好，折叠成万串祝福，不停地放飞；点一盏最亮的灯，照亮身边的你前行的路。

那一抹新绿，染绿了我的思绪，也点燃了我的梦。

附

述说《那一抹新绿》

文/千叶草

红帆是幸福的，她可以看到父亲给她做书架，用了上好的木头，父亲精心打造，书架跟随她许多年。这个书架，不仅仅是一个书架，已经是父爱的浓缩。父亲为她做了许多饱含亲情爱意的事情，然而父亲却不在了。不过不要紧，有了这个书架，就足以展现父亲对她全部的爱。

父亲的离去让人根本来不及思考，也没有人会提前去设想亲人真的会离去这件事。父亲的别离太匆匆，出乎了儿女们的想象，红帆不能接受这个残酷的事实，可是，这个事实却不容改变，父亲真的永远离去了，于是她从心底里便发出了“子欲养而亲不待”的无奈感叹！同时这感叹也是催人泪下的。

父亲的离开，虽然对她的影响深远，也促使她重新开始思考生命，更深层次去认识了生命的意义。生命如花开，花开当珍惜。红帆“静坐窗前，放眼花园，一片绿意盎然”。此时此刻，她已从悲痛中走了出来，因为她知道眼前才是最重要的，“好好活着，活得好好的”，这才是对父亲的爱的最好回报。

红帆悟透了生命的真谛，此时，她的心中重燃起温暖的生命之火，也重新焕发了光彩。

（千叶草：散文家，中国金融作协会员，出版著作多部）

梨之断想

“忽如一夜春风来,千树万树梨花开。”

又是一年清明时,王养富急匆匆地回到久别的故乡。如今衣锦还乡的他,梦里又落梨花雪,纷乱了谁的眼,痛了谁的心扉……

他清楚记得:那日,母亲与他们兄妹一起在门前栽下了这片梨树。母亲还告诉他们,做人一定要像梨花一样真情、纯洁,兄弟姐妹之间更是一脉相系,荣辱与共。母亲如梨花般清雅的笑颜与语重心长的叮咛,便在他的心灵处生了根。

梨花花开花谢,梨树下鸡飞狗跳,日子清清浅浅……

梨子成熟了,个个都鲜美可口,母亲却总是把最大的梨子留给他吃,说他懂事、肯学、心眼好。

他特别清楚地记得,母亲与老母鸡那一幕心酸而感人的场景……

小时候他家里非常穷,吃不饱,穿不暖。有一次,邻居家的男人拎着只死鸡来到他们家,问是不是他们家养的鸡。母亲一看吃了一惊,怎么会不是?

邻居道歉说,家里自留地下了农药,把这只鸡给毒死了。母亲惊呆了,她接过沉甸甸、软绵绵、曾经朝夕相伴的老母鸡,眼里充满了泪水——这不就是把她取钱的银行给砸了吗?

这只老母鸡是家里的主要生活来源,别的母鸡都是隔一天才下一个蛋,而它却是下两个蛋才歇一天。可如今……

邻居看着母亲那伤心的样子,自觉没趣,内疚地走了。

心疼不已的母亲想，这么肥的老母鸡扔掉了也太可惜，不如让孩子们解解馋。真的，那时候家里一年都吃不上一顿肉啊！

她摸了摸鸡还热乎，于是对孩子们说：“赶紧褪毛，趁农药还没有扩散。”一家人赶紧从悲伤中跳出来，七手八脚去拔鸡身上的毛。母亲这时候也像一位打虎英雄，系上围裙，从厨房拿了把菜刀出来，勇猛地剁掉了鸡头。

……

大家眼看着是一股黑血从鸡的断脖子处流出，王养富赶紧端了一锨煤渣来垫上。母亲嘱咐说，所有内脏都扔掉，拿到村外去刨个坑深埋了，防止其他动物吃了中毒。然后，母亲又将剩下的鸡肉大卸八块，放进盆里浸泡，一遍一遍地清洗，直到一点血丝都没有了，这才将鸡肉放进烧开了水的锅里去煮。

煮一会儿，母亲又抓点花椒和盐扔进锅里。孩子们好久都没有闻到肉腥味了，现在就一个个紧围着锅台不肯远离。肉汤的香味在屋子里飘开，真是香得诱人，母亲觉得煮得差不多了，就掀开锅盖拿筷子戳了戳鸡肉，然后用围裙擦了擦手说：“煮好了。但你们先别动，让我先吃，如果我吃了一个小时以后没事，你们再吃。”

孩子们都很清楚，母亲这是在拿自己做试验。

母亲吃了些鸡肉和鸡汤，一家人就这么围着母亲坐着，瞧着，眼里充满了担心，也充满了希望。

一个小时以后，母亲安然无恙，她这才下命令说：“都去拿碗来，娘给你们分肉吃。”弟兄三个兴高采烈，从小排大，拿着碗，站着队，等着母亲给盛肉。盛到最后孩子们说话了：“娘，留点给你和爹吃吧。”母亲笑了笑说：“我们这么大岁数了，啥没吃过。”

然而，孩子们狼吞虎咽地吃完以后，一个个满足地舔着嘴唇出门玩去了，母亲却钻在屋里偷偷地啃他们吃剩的鸡骨头。幼小的王养富从窗户外面看到了这一幕，心里一阵酸楚。

因为家里实在太穷了，王养富失去上高中继续深造的机会。弟兄好几个，哥哥娶媳妇时候又背了许多外债，父亲的压力太大，几乎没有商量的余地，王养富就成了生产队里的放牛郎。但求知的双目只瞬间的暗淡后，又闪烁一线光亮，充满了希望，因为他可以一边放牛，一边看书学习。

王养富出生在中医世家，家里还保存着几本发了黄的医书，一本是《黄帝内经》，另一本是《本草纲目》，家里还有一些祖传的秘方，这些书是他唯一能够读到的，但他对这些东西并不感兴趣，因为他觉得就算学会了看病，也不一定能行医。

母亲苦口婆心劝王养富："学学没坏处，现在没用，将来总会有用的。咱们家祖祖辈辈都是医生，到你这儿断了？"于是他就强制自己去看这些书。看着看着他发现，中医理论真是博大精深，尽管药方千变万化，但万变不离其宗——阴阳五行，天人合一。可家里那两本书也太珍贵了，如果翻烂了可不划算。于是他就一边放牛，一边在山坡上用玉米皮抄笔记。

后来，他在繁重的劳动之余如饥似渴地学习中医，在家里也向父亲和爷爷学习中医知识，晚上还一个人去离家 5 公里的师傅家学习两个小时中医临床。不管是山路崎岖，荆棘划破了他的手脚，还是刮风下雨、白雪皑皑，都阻挡不了他去师傅家学习的脚步……他执着地走好自己人生的每一步，这每一步都通向了他人生的巅峰。

"寂寞空庭春欲晚，梨花满地不开门。"

又是一年清明至。雨霁风清，莺啭雀啼。他携两袖清风，踏花而来，一袭青衫、儒雅不俗，毫不逊这斑斓春色。王养富的奉献和成功已经远近闻名，终于可以好好报答深爱他的母亲了，然而他归来却再也不见梨花树下母亲弱小的身影……

旧居早已人去楼空，一把铜锁，关住了满园萧条，却锁不住这红尘往事，锁不住母亲对王养富满怀的爱与殷殷期盼。

她，是一株梨树，一株为儿女而顽强生存的梨树……

那一树繁华，那一缕香魂，永驻王养富的心海，时刻鞭策着他，催他奋进。

您是我永远不眠的暖

又是栀子花飘香的时节，您却走了。花园里的花儿在哭泣，在怀念曾经用心血喂养它们的人——慈祥的您。

当黄昏又飘起炊烟，当溆水河对岸的薰衣草又与游客绽放笑颜，当红橘又红满了橘园，当花开花谢，时光不停地流转，慈祥的父亲，我从未停止对您铭心刻骨的思念。

时间的风车已经跑了六年，您的慈祥笑颜和温柔的叮咛声总是占据我的白天和黑夜。我总抬头望着蓝天，期盼哪一朵流云会是您的笑颜，哪一只鸿雁能够为我捎来天堂里您的音讯。

走在季节的雨中，如今心中一片落寞，我在寻觅您曾为我撑起的那把素花紫伞，期盼它能够再为我遮挡风雨中的缕缕微凉。烟过雨巷，我在家乡的青石板上找寻您曾留下的柔语绵长。盈盈水畔，夜色微阑，我在打捞您曾留给我们的美好。每每任疼痛的思念滑过眉间，浓浓的思念在一盏茶里盘旋，在萤火翩跹的月下荷塘里流连，悄然沉淀了天上人间的亲情潋滟。

七月的阳光依然那么明媚，花园里的栀子花依然清香四溢，我却寻不到一丝温暖和芬芳。我推开流年的门扉，置身于荒草漫天的意境，任思念的泪水汇成一片忧伤的海，吞噬着我的白天和黑夜。

时令正至夏日，一场凶猛的洪水席卷着我们的家园。母亲河里流淌着思乡思亲的泪，病痛缠绕着我身边的藤蔓，没有您呵护的路途一次次卷曲。眩晕的指尖，唯有孤寂的花园，哭泣的栀子花香与日月同语。

我去拜访七月，愿清凉的夏风为您吹送来七月沁人的花香；我去祈求织女，用我的身心织出最美最柔软最细长的丝，帮我连接天堂与尘寰；我在暮鼓晨钟里诵读经卷，只求上苍保佑您吉祥平安……因为您是我永远不眠的暖。

我轻轻藏起流年的悲欢，一个人顶着七月的烈日踏上生命的征程，在时光的画屏里存储了您植下的片片绿荫、瓜果花香、山山水水和缕缕炊烟。

每一棵小草都会开花

枫叶红了，桂花香了。花园里的所有花草都充分展示属于自己的生机。

老同学莲来电话，说楚君又在想法子让贫穷的家乡变得越来越美丽。

说起楚君，大家都会赞叹，记忆的河流里流淌着曾经的点点滴滴。

记得那年我前往自己梦寐以求的大学，离开家乡时也正是这样秋风送爽的时节，我与高考落榜的楚君、幽明、莲与英等同学在家乡的青石板路边依依惜别。我记得他们都打心眼里羡慕着我，笑着说我会前途无量，而他们将一事无成。

四季轮回，花开花谢，一切说是有定数，哪里又可能就是定数。

幽明高考落榜后担任了村团支部书记，但他一边工作一边认真复习，再度参加高考，考上大学。毕业后他“下海”，在深圳有了自己的公司。莲和英成了村里的教师，兢兢业业工作，桃李满园，深受学生与家长的爱戴。

而大家认为前途无量的我，大学毕业后也只不过是在城里担任教师，一年又一年教书，写着文字，虽无多大成就，但也算做到了问心无愧。

一群人之间，却只有家庭条件非常差，被大家认为将会一事无成的楚君，最后令人刮目相看。这一棵毫不起眼的瘦苗终于长成绿荫如盖的参天大树，给大家带来浓浓的绿荫。

楚君高考落榜后就期盼当兵进部队。那个年代当兵非常不容易，但他还是试着报名，并且顺利通过了体检、考核、政审。可那时候参军也需要指标，而我们村里只有一个指标，但却有两个人入围了，一个是县里领导的弟弟，按常理来说，楚君肯定无望。

可他找到了部队来接兵的军官住处，当面诉说了自己的梦想，又当场施展了自己的才能，相貌堂堂一身正气的楚君深得军官赏识，于是记下了楚君的名字，并让他不要放弃梦想。

几天后，乡里的领导来我们村里接兵，敲锣打鼓的，直往那个县里干部家而去，是接县领导的弟弟入伍。楚君的母亲就说，孩子，你没有希望了，认命吧。可是楚君不想放弃，他以最快的速度奔跑了 30 多里路，一直跑到了区里，他抵达的时候，新兵们站成排，正好在点名，而且第一个名字就是楚君，他欣喜若狂。

首长问他，今天就要去部队了，你还有什么事情要做？

要回去告诉妈妈。楚君说。

楚君换上了军服，他坐着首长的车赶回村与家人告别，还安慰热泪盈眶的母亲。

在去部队的途中，楚君还在默默想：如果我没有跑到区里去，也就放弃了，一切将会是什么样呢？现在我可以去部队了，我当然会珍惜这个来之不易的机会，在部队好好干，一定要做个称职的好军人。

楚君在部队努力奋斗，他一边苦练杀敌本领，一边认真学习，终于考上军校。毕业后从一个小小的排长，一步步努力拼搏到如今，成为一名军分区的首长。

楚君从小就乐于付出，不讲回报。他对师长、家人，对村民，对同学朋友都是真诚付出，从不问回报。对老师更是非常尊重。记得还是在小学的时候，班主任老师的腿受伤了，个子高身体结实的楚君一连三年都给老师家挑水，无论刮风下雨，季节变换，他从不间断。有时候遇到顽皮的同学讽刺他挑水是在拍老师马屁，他也都默不作声，只是一如既往地坚持。

楚君有成就了，他不忘感恩社会，不忘回报家乡。他四处奔走化缘，努力为家乡，为贫困山区改善条件。家乡的父老乡亲们的日子也就越来越富裕了……

思及此，我不由得深深地感悟，昔日同窗皆有所成，宛如每一棵花草都会有开花，每朵花都会有灿烂的季节，每朵花都有属于自己的色彩。但要你勤奋、努力、顽强地付出，自然能绽放灿烂的人生。

回家
郭晶畫於己亥春

有爱，就会有童话

近了，冬天的脚步近了！空气中弥漫着寒凉而清新的味道。

眯起眼睛，凝望着窗外那抹阳光，心很温暖，很安静，也很憧憬。有甜蜜的记忆，有简单而美好的生活，有满满的幸福感，有亲人和朋友们的牵挂，还有窗外的风景……

喜欢冬天，喜欢那洁白飘逸的雪花，总让人忍不住轻舔嘴唇，想象那是白白的棉花糖；喜欢那傲雪的红梅，顽强而妩媚，像一团团火焰；喜欢仰望冬日里一身绿色戎装的青松，挺拔而英气逼人……

生活如此温馨而美好呀，我忍不住从心里发出轻叹。

不管世界有多难，不管冬天有多寒冷，我仍然坚信，有爱，就会有童话；有爱，冬天永远美丽如春。

每天，总看见隔壁那个痴情帅气的他在守候着那个呆呆的她，帮她梳洗，穿衣，喂饭……总是一脸微笑地推着她到公园里去听听鸟语，闻闻花香，或者推到街上去商场里购物……十年如一日，他们平凡的身影，总让我感动久久。

义工协会的学生们，会把自己的零花钱积攒下来，购买衣物或者食品送去敬老院，也会去乡村看望留守老人和孩子，去医院做义工，帮病人做按摩……目睹他们阳光般的笑颜，我无比欣慰。

我的一位恩师，他是退休老干部、诗人。他总是每天都在忙着，约稿，写稿、编书，出版——他自己的文字、学生们的文字、各单位文学爱好者的文字……几十年如一日，他从未间断。为了将一本本能引人奋发上进的书籍送到作者和读者手里，在寒风刺骨雪花飘飞的冬天，这位白发苍苍的老人总是提着一袋袋书等在大门口——工厂、机关、学校，或者是大街小巷里的小区门外，他等着，要将书亲手送到作者和读者手中……

望着他那张饱经风霜却慈祥的脸，那双冻得发紫还长满老茧的双手，一股暖流在我心海流淌着。有这位白发爱心老人的陪伴，大家都说冬天不再寒冷。

谁说人间没有真情？它如一缕缕冬日暖阳，温暖着世界上的你和我。

有爱，就会有童话，有爱，永远没有冬天。

雪里一枝春

轻轻地,走近冬日凌然绽放的梅,一缕缕娇媚和芬芳缠绕着我。红梅如你,冰清玉洁,只在凌寒时节,悄然给人间轻送一缕又一缕暗香。我仔细聆听,见你与阳光牵手高歌,与雪花呢喃曼舞,盈洁白满怀。你醉了,我也醉了。冬天暖了,弱势群体的日子也暖了,小红帽上和红梅的红,一朵,二朵,三朵……

成千上万朵绽香吐蕊,开成了冬日最温暖的天籁,每每我让感动和咸涩的热泪住进了有你的城池。

"墙角数枝梅,凌寒独自开。遥知不是雪,为有暗香来。"这诗是红梅的写照,更确切地说更是你的写照。知道吗?你的每一瓣红,都是丰润、温暖的手,牵着春天,牵着我,牵着阳光奔跑。弱势群体的庭院开满了这温暖的红,我的城池覆盖了你的红,凌然之气,灼灼其华。拈一朵是你的美,捧一片是你的暖,呷一口是你的香。

你的红是人间最暖最美的色彩。用你的红写诗,字字阳光唯美;用你的媚写歌,声声甜润温暖;用你的骨雕琢,幅幅都是蘸着高洁、灵秀和正能量的中国梦。

"江南无所有,聊赠一枝春。"让我折下一枝你红帽上盛开的娇媚,把一杯阳光寄给近在咫尺或远在千里之外的弱势群体,把整个春天寄给神州的万里河山。在中华儿女编织中国梦的日子里,是你,把爱的奉献唱得更响亮;是你,把这份红红的妩媚和暖意绵延,晕染了人间梅花。

爱你,雪里一枝春!你用阳光与天使情怀唤醒了春天。

把每一个平凡的日子都爱上

岁月匆匆，又一年了。当我敲下“我的 2019”这几个字时，不知为什么，我很想让咸涩的泪水伴着雪花一起舞蹈。

这一年，我的白头发多了几许，脸上的皱纹增加不少，左脚肿疼一直未消。感觉青春不再，就像那落花，随波逐流。

可我不悲伤，不消沉，就算花落也要化作春泥来护花。尽管只剩下一幅赤裸的灵魂，但是我的少女情怀依旧烂漫。

我每天都在青翠欲滴的地方散步，闻鸟语花香。

我走着走着，闻着闻着，感觉自己的心里就长出一片春暖花开。我用时光柔软的手臂牵手春天，在流年里，我一直与春天呢喃、言欢。

两个月前我买了乒乓球拍，我天天与家人打球，与小区爱好乒乓球的邻居对打，既锻炼了身体，又增加了与大家的情谊。

一年的匆匆足迹，都烙进了我的记忆画屏，密密匝匝的。我所走的每一步，都在认真地走着，铿锵有力，这是我聊以宽慰的事情。

这一年，我的足迹穿梭于巍巍群山与城市海滨，遍布弱势群体寒舍和名人故居。

我在湖南山背这云端上的星空云舍，仰望过满天星斗，我差点与云朵牵手，几乎与月亮里的嫦娥近距离凝眸。我徒步满天星峡谷里的情人谷，倾听溪水与瀑布的欢唱，这是最美的红尘恋歌，使人沉醉，让人流连忘返。

我在星沙松雅湖畔，采过姹紫嫣红的野花，与青春少年一起骑过脚踏车，汗流浃背的……

松雅湖畔满地春的气息与芬芳灌满我的衣袖，湖上的水鸭自由自在地游来游去，恍若世外。

火红的五月，我在南楚古都感受夏日晴天里有下雨下雪的美丽场景；我亲身与武大郎一块卖烧饼，吃着武大郎烧饼，我仿佛穿越到古代，非常惬意。

我在长沙铜官窑遗址，感受历史文化的魂，参观唐风古韵筑形，领略汉唐盛世风采，感受中国千年湖湘文明的源远流长。

在美丽的青岛，我轮渡黄海，收集一串鸟鸣，啼破天空。海风激起浪花，拍打着礁石，吹拂我飘逸的长发。我还爬上崂山觅天洞，走过黄昏里的栈桥，落日、岛屿、水鸟、潮汐……尽收眼底。

我用一支笔，蘸取山风与海浪，书写、吟咏。

我参观老舍在青岛的第一故居，领略了骆驼祥子博物馆，我去看过老子的雕像，感受大文豪老舍与古代思想家老子的风韵。

这一年，我写了许多篇比以往更有深度且很温暖的文字，我的作品《大通湖，最美的江南水乡》被当代商报刊用，我的短篇小说《红帆船》被澳门小说故事杂志刊登，我的许多文字被制作成音频，成为许多人喜欢的网络文学；我的作品《四月，等待收获五月的香甜》荣获长沙市岳麓区委宣传部举办的“我和我的祖国”全国征文二等奖……

这一年，我业余时间一直投身于湖南读书会的公益事业，与张立云会长一起策划的《致敬，新时代我们身边的榜样人物》即将出版，并将收藏于全国1000多家图书馆，以传承国学文化，弘扬正能量。

这一年，我们策划举办四场全国征文比赛，发掘许多文学新人，培育了一批签约小作家，我们还联系爱心企业家，资助四个品学兼优、家境贫寒的小作家完成学业。

这一年，我一直投身于“书送爱心，让阅读圆梦”的活动之中。我把自己出版的作品集《陌上阳光》《心香一瓣》《画魂》数百册，送往陶金坪等山区学校、长沙市图书馆以及人民武装学校图书馆收藏，推广全民阅读。

这一年，我与张会长等人拉赞助、收集孩子们的获奖征文准备来年出版，期盼给孩子们一份心灵鸡汤。很欣慰，我们的举措也吸引和感动了许多家长和孩子。

2019 年 6 月，我收到湖南读书会签约小作家朱梦琪的一段文字：

喜欢红帆老师在细碎的阳光下执笔，种生命之花，握诗意烟火，织一帘幽梦……她像一位春天的使者，邀请我在春天里舞蹈，她让孤僻的我感受到了阳光，感受到了爱，她使我明白，人生若苦，心却一定要微笑向暖。

红帆老师的文字时刻激励着我，支持着我。

她的文字让我感觉有暖暖的血液在血管里流淌。她鼓励我写作，也帮我推广文章，春天的使者在文学的道路上为我带路，使我有机会背上破旧的行囊，一生山水为迹。红帆老师是春天的使者，她的四季都如春天一样，生机勃勃。

真开心啊，我的文字能让孩子们读到心里去，又从心里长出美来。我真是深感荣幸！品学兼优的小女孩朱梦琪在繁重的学业之余，还创作了多篇让人感动的文字，都够出版一本书了。在为之欣慰之余，我的心也要被她融化了。

是呀，只要我们时刻种一片明媚，世界处处都会春暖花开。

冬天已经来了，春天不远！祝福我们，把每个平凡的日子都爱上。

2020 年已经含笑走来了！

在这新的一年里，我会竭尽全力去播种阳光，播撒爱。让爱温润无数迷茫的孩子们，然后汇成一条清婉的小溪，成群结队地奔赴未来，捡拾斑斓与美好，圆梦中国。

那星星，是我看你的眼睛

——寄语小作家

亲爱的小作家：

在写作崎岖的道路上，我真想种下一行文字的种子，用最纯洁的墨香，陪着你们走过漫长的岁月，陪着你们去攀摘成功的甜果。与你们一起茁壮成长，让发芽的文字芬芳你们生命的枝枝丫丫。

在你们成长的天空里，会有一双双期盼的眼睛在温暖你——温暖你们昨夜酸涩的梦，温暖你们的一个又一个梦想，也会温暖你们掠过心头的一丝委屈，温暖你们梦幻般美好的少年时光。

多么渴望我们的眼睛是最深邃明亮的，如阳光雨露般沐浴你们的朝朝暮暮，如银白色的月光般烂漫你们的每一个日子，如百花盛开的春天般美丽，能串起你们多姿多彩、快乐无忧的花季年华。

当你们静静书写心中的梦想，书写心中点点滴滴的美，从你们坦诚真挚的心语里，我分明看到了你们清澈的眼睛里有星光在闪烁，那么地晶莹，那么地闪亮，一尘不染与熠熠生辉，充满着无限的憧憬……我是多么激动和欣慰。我们无偿的付出，是应该的，是值得的，这是上苍赋予我们一种神圣的使命。

那一篇篇被编委老师用心血喂养的文字，精心编辑、暖人的留评与心语——这都是我们的殷切期盼。我们期盼在你们中间，在未来能够诞生李清照、冰心、郭沫若、鲁迅、贝多芬……而你们文字间那一个个符号多像一个响亮的音符，可以飞上广阔无垠的天空，让你们伸展诗意和想象的翅膀。

你们就像一张洁白无瑕的纸，需要用最美的画笔去涂抹。你们就是我们心中的小天使。多想牵起你们嫩嫩的小手一起去采集身边日常的点滴美好，摒弃一切负能量。你们的眼睛像那清澈的湖水，湖里有你们青春的倒影和天真无邪的笑颜，蔚蓝的天空上有那飘逸的云朵与翱翔的雄鹰……让我们用手中的笔去描写，去画山、画水、画你我。

知道吗？属于你们的星空色彩斑斓，令人向往。有安静的早春那细雨蒙蒙的天空，让人惬意；有盛夏那萤火虫、蛙鼓声支起的璀璨夜空，让人浮想联翩；有秋高气爽、红叶曼舞的秋天，让人激情满怀……俯仰之间，大自然时刻在变幻着，向我们捧出他的馈赠。我们要用我们的笔，用心去描绘，去装扮，使我们的天空更加迷人，更加璀璨斑斓。

亲爱的小作家，你们现在就是那一颗颗眨眼的小星星，千万颗小星星在小作家城池里不停地闪烁与历练，像夜明珠一样闪烁出灿烂的光芒，千万缕星光汇合在一起，去照亮神州大地的每一个角落。愿你们能不断吸取“小作家”里的营养与乳汁，在“小作家”里找到一片惬意的天空。

当你们用辛勤的汗水，用手中的笔，用心去临摹那用知识、才干和美德修筑起来的大厦，你们的星空会更加美丽无比。

当你们用文学的修养陶冶自己，你们就会满怀儒雅与高洁，这是我的欣慰与满足；更是我的希冀。

当你们走进作家名人的城池，我会轻轻地闭上眼睛，满脸幸福灿烂地笑着，我会深深地沉醉着，原来整个美丽天空，就在我们的怀里悄然绽放……

倾听，温暖

——寄语小作家

如若蘸着血汗的文字可以潋滟，我们愿越过千山万水，为你们种植一辈子的阳光与温暖，让你们洁净的耳朵倾听到阳光在你们身边呢喃、温暖在你们的心坎上翩跹……

——题记

小作家百花园，芳香盈袖，阳光满怀。

百花园里的园丁，执着而虔诚，带着满怀的爱。每天的晨起日落，他们用汗水喂养百花，用心血铺就红毯，牵手收集阳光与芬芳，将心灵的记事本装进生命的行囊，然后，再找一张暖暖的画做封面。

百花园里的微风，轻柔温润，带着淡淡的馨香，带着真情的呵护，夹杂着日夜编审作品的老师们那疲惫的身影。微风抚过渴望绽放的花骨朵，又催开了小作家们脸上灿烂的笑颜……在这一片芬芳诗意的海洋里，我们不由得要赞叹小作家微刊这个百花园里的美。每每醉在这暖色调的美好之中，不愿醒来。

目光透过每一篇作品的编审与留言，静静品读这一抹唇齿间的美丽和温暖，欣赏着园子里一季赛过一季的美景。这是阳光照耀下的小作家百花园啊，有多少深情在描绘，有多少雨露在灌溉，有多少双眼睛在期待，在这里，每一只蜜蜂与花朵的邂逅都是美的，每枚嫩芽的绽放都是美的。阳光和风是老朋友了，风和雨也是老朋友，大家轮换着照料百花园，给予最恰当的滋养和照料，就像百花园的义工和老师们，也在守候精灵一样聪明可爱的小作家们……

一直喜欢“用你的名字取暖，这个冬天就不会冻僵……”这首歌，听着就感觉温暖划过心海；而每当用小作家微刊这个百花园取暖，感觉生命里就没有冬天。

小作家是你们的守护者，让你远离孤独与冬的萧瑟！

“冬，只是一个经霜的过程”，让我们握住彼此的温暖，在生命磨砺的过程里，让成长多一些感动，让温暖融化冰霜。倾听生命中或远或近的温暖，然后去种植温暖，让温暖蔓延，蔓延……

爱如花，绵绵不绝地开……

“待到重阳日，还来就菊花。”又到一年重阳时。

站在深秋的画卷上，静观园里的菊花次第绽放、随风摇曳，赏桂花树洒落一地洁白的桂花雨，清香四溢；倾听怀念的歌声在重阳的枝头冉冉飘起——

万物复苏的春天，大地铺着一张长长的绿地毯。父亲在前边牵着水牛、扛着锄头，一位扎着小辫子的小女孩随后一蹦一跳地跟随。橘园里、田地里、池塘边……他们都播下了希望的种子，栽下希望的树苗。天上几只白鸽飞过头顶，他们抹一把汗水，凝望这妩媚的春色，都灿烂地笑了。

那是他们共同的希望之地，鸟儿呢喃着细雨，春风亲吻着树苗，在缥缥缈缈的梦韵里，小女孩仿佛看见了他们的种子破土、发芽，和着那树苗儿长成参天的大树，在丰收的季节里都挂满沉甸甸的果实。一年又一年，花开花又落……

阳光浅夏，酷暑难耐的时节，父亲天刚蒙蒙亮就起床了，背着一个大背篼，拿着挖草药的锄头，只身蹚过一条河，去对门山上采药。不一会儿，汗流浃背的他就背着满满的一篼草药回到家。

他一边清洗、熬制可以解暑的草药，一边为小女孩做早饭，然后把睡意正浓的小女孩唤醒，与小女孩一起背诵几首唐诗宋词，他再微笑着看小女孩背着书包上学去。

放暑假了，父亲依旧忙碌着，满身疲惫的他，晚上依旧陪着女儿看书学习，自己还自学医学与易经，小女孩也如饥似渴地学习文化知识，读四大名著，快乐成长。

中午时分，父亲挑着满满的一担凉粉，那是他亲手制作的，还放了解暑草药的特色饮料，一脸灿烂的小女孩跟在其后面。父亲高声叫喊着，“凉粉，凉粉，免费的凉粉……”这声音由远而近，听着沿着村路的叫喊声，村里的孩子们鱼贯而出，父亲笑着，舀了一碗又一碗，小女孩接着，塞在汗流满面的孩子们那一双双脏兮兮的小手里。

庄稼地里绿油油的，像铺了绿地毯似的，那是父亲与小女孩汗水的结晶。他们的西瓜出苗了。父亲耐心地教导女儿，怎么样掐尖、压蔓、埋土、锄草、施肥……女儿学得认真，像模像样。瓜熟的季节，那流淌的甜蜜瓜汁，至今还烙在小女孩彩色的记忆里。

金秋，天高气爽，父亲去山坡上，去自家院子里采摘菊花，把菊花晒干，做成药或菊花茶。屋前房后的树上也悬挂着一盏盏火红的灯笼，那是橘子在向路人招手问好，多馋人哦！小女孩淘气地爬上房顶，蹿到树上，摘了许多橘子，剥开再塞进嘴里，大口大口地吃着，清甜溢出嘴角。父亲慈祥温柔的目光，水一样地漫过她，从此，那菊花的芬芳，那橘红色的记忆，永远地烙在岁月的馨香里……

寒风刺骨的冬天，小女孩穿得一身温暖，健康可人；而父亲的棉衣干净而破旧，有寒风从大衣的几个洞里进入父亲的身体，父亲摩拳擦掌，温热自己。但是他的言行依旧如春风。有父亲的地方，就是春天。

父亲是乡亲们和家人的明媚春天！谁有病痛与困苦，无论风雨与酷暑寒冬，父亲都会用从山上采来的草药去给大家医治，用他的爱心和善良焐暖乡邻的心。小女孩常常以此为荣。

父亲用他的慈爱为家人撑起一片蔚蓝的天，筑起了一个暖暖的窝……在小女孩无数次的回望里，那里都是阳光灿灿，明媚无比。

一年又一年，几度夕阳红。

小女孩见证了父亲的无私奉献，她长大了，亭亭玉立，温润如花。而父亲却满头霜花，满脸皱纹，腰也弯了，背也驼了，只是他的阳光言行依旧。

他总是收集女儿喜欢的东西，一筐又一筐：干鱼、紫红薯、带糯性的大米、红彤彤的橘子、大大甜甜的西瓜……随着季节的变换，驼背的父亲就会挑着近百斤东西——都是女儿喜欢吃的，从山村到县城，穿过长街，再爬上七层楼，气喘吁吁地将东西送到宝贝女儿的家。女儿感动得流泪，可老父亲却一脸欣慰与灿烂。

满头银发的老父亲依旧看书学习，做笔记，直到他的眼睛再也看不清文字。

他总对女儿说，好喜欢看她捧着琼瑶那充满情感的文字如痴似狂地吟诵；他总喜欢和女儿聊着巴黎的雨打湿了谁的回忆；他总喜欢写点押韵的诗歌或找些真善美的散文读给女儿听……

他总是对家人与徒弟们说：不要因为一片乌云而阴霾整个天空，不要因为一朵花的凋零而暗淡整个春天。

一幅幅有父亲的温情画面总在女儿的记忆里不停地翻放：父亲干活累得疲倦不堪，即使夜深人静，他还要钻研医学和易经，他说，只有这样，才能更好地为村里的父老乡亲服务，为家人的幸福生活护航……这些永不发霉的记忆，教女儿自新，催她奋进。

爱，如花。花，继续在开，爱，绵绵不绝。

“老吾老以及人之老；幼吾幼以及人之幼。”此刻，站在秋的深处，嗅秋菊溢香，看枫红似火，听烟雨晚唱，我依稀看见了爱的笑靥，心里也充盈着春的模样。

祈愿、祈愿世界充满爱。

禅花朵朵暖

有一种花诗意而芬芳，它渗进了灵魂，是一种刻骨的，一种沁人心脾的香和暖。那一切，亦如禅心，质朴无瑕。

这花是从北国而来，是在爱心企业家袁金娥的骨子里绽放着的禅花。

这禅花凝聚着芬芳，闪烁着阳光，在需要温暖的角落绽放。一种暖意，一种高尚的美在老红军与贫困学子的天空不断升腾……

这禅花，朵朵绚烂，是她执着而辛勤的汗水浇灌，方能盛开的一段春天繁华，在她的努力之下，即使是荒芜的沙漠也可变成绿洲，开满鲜花并结满硕果。

在贫困山区，在留守儿童基金会，在央视慈善晚会，我们都能看到袁金娥的身影，她将爱心之路走成一段段诗意芬芳，行善之大，步步生莲，朵朵如禅。每当我读这朵朵禅花，就由衷地感叹她的慈善与公益，那是天使的情怀。

我用双眼摄下那些花开，是学子们的青春飞扬的笑面，是百岁老红军的温暖安宁与欢声笑语……

禅花朵朵开，芬芳暖暖来。

禅花盛开的地方，就不会有冰天雪地。禅花能生一切喜，停一切愁苦，就像去赴一场春天的约会，留守儿童和留守老人们的小木屋里都能生长出笑声。

我真喜欢这样，喜欢这世界里飘洒着她，而她正播撒着阳光与幸福。

大爱是她，情动天涯。禅花朵朵，善行留香。

最美，那一身挺拔的湛青

最美，那一身挺拔的湛青。

刀光剑影中有你义无反顾的身影，逢年过节时有你们昼夜值守的英姿，与不法之徒浴血奋战时有你们舍生忘死的坚定，抗洪抢险抗震救灾中总是你们冲锋在前。在疫情泛滥的时候，是你们再次挺身而出，一次次逆行铸就了无数的感动瞬间。

哦，人民警察！每每感动于你们保家卫国的壮志豪情，赞赏你们顶天立地有铁血丹心的风采，钦佩你们坚毅不屈的高尚品格，敬仰你们为人民服务周到细致地工作。

最美，那一身挺拔的湛青。

总要有人放弃安逸，选择面对危险；总要有人放弃平淡，选择充满挑战的工作；你们穿上了警服，放弃了色彩斑斓的世界，在庄严的国徽下庄严宣誓：从此以党和人民的需要为一切的准则。

国旗下，最美还是你们那一身挺拔的湛青。

从此，你们的生活，属于大大小小的社区琐事，属于形形色色的案发现场，属于呼啸而来呼啸而去的警笛声声，属于不断值班，不断出差，不断为大家舍小家。你们属于长城和橄榄枝构成的威严和神圣，属于鲜血与汗水编织成的光荣与梦想。

除暴安良匡扶正义，是你们的理想与神圣职责；你们淋最多的雨，吹最多的风，站在最繁华的街头曝晒，与最凶险的歹徒斗智斗勇。

当然，我也知道，只有犯罪嫌疑人被绳之以法，社会才能安全。当被拐卖的孩童回到亲人的怀抱，小家才能团聚。太多太多的事，都融化在“有事请打 110”之中，有了这句承诺，有了你们的守护，我们日里能痛痛快快地旅行或者安安全全地工作，我们夜里能在长街散步，在小巷下棋，在花前月下约会……一切都在你们的监护之下，人们的生活就是安定和幸福的。

千里追凶，你们踏破铁鞋；百业兴旺，你们保驾护航；火场上，你们是慷慨蹈火的壮士；洪水中，你们是中流砥柱的灯塔；几千万平方公里的怡人风光，锻造了你们壮丽的年华……

我们每一天每一月每一年的安宁生活，都是从你们的艰辛之中而来的。

我们感谢人民警察，你们是城市的保卫者，谢谢你们为我们负重前行。

最爱，您那一身挺拔的湛青。

最美，您那一身挺拔的湛青。

好想，满握您长满老茧的手

一直，都有一个藏在心里面的愿望，好想再握您那双长满老茧的手，真的，很想，很想……

尽管，我知道，爸爸，您已在天堂，我再也无法真真切切地握到您的手。但我还是能感觉到，您那长满老茧的手宽宽的、大大的、暖暖的，总在把我纤细的小手握进去，我的小手在您的手心里，我就感觉到了心里盛满着您的爱……

记得那年，高中生活刚结束，我就回到了久违的老家。

第一天，就在父母问这问那的关心中过去了。

第二天一大早，我醒来就闻到了一股刺鼻的烟味，还有猪圈里的小猪正在不知疲倦地叫着。

“哎，天还没亮呢，你们就知道吵吵要吃啊！”我边说边顺着黑烟到了厨房，妈妈正在灶台烧火，浓浓的黑烟熏得她把眼睛眯成一条线，挂着泪水的眼角布满了皱纹。

爸爸走了进来。我看到他一身湿，就笑着说：“爸，这么早就起来洗澡？”

“什么洗澡，我刚才到地里去锄草，出了一身臭汗。等吃完饭你也跟我一起去学锄草，你得锻炼锻炼筋骨。”

于是，饭后我们就去锄草。

一老一少，老的拿大锄头，小的拿小锄头。小的学着老的把锄头扛在肩上，晃晃悠悠地跟在老的身后去菜地。碰到乡亲们了，老的跟对方问候一声，小的就跟着称呼一声。乡亲夸一夸小的，老的就笑得分外灿烂，小的也笑得格外甜蜜。

一老一小，心情都挺不错的。

到了地里，刚开始锄草时我还觉得挺新鲜，看着爸爸拿着锄头，没过多久就锄了一分地。我也走过去开始锄草，第一锄头下去就锄在了石头上，把手都给震疼了。过了一会儿，感觉手上的麻劲过去了，我换个方向继续再挖，可这回一使劲，倒没有砸在石头上，不过是锄得太深，我的锄头都拔不出来了。

我懊恼地站在那里生闷气，爸爸早瞅见了，就笑呵呵走过来说："哪是你这样干活的，你这是在挖土，又不是在锄草。来，我教你。"说着，就提着锄头过来示范给我看。我看到他使用这么大的锄头都毫不费力，锄头力道均匀，轻快地锄在土地上，浅浅的一两寸，刚好把草根翻出来。

我不由感慨，这么精准，要怎样才做得到啊。

爸爸边走远边说，你细心点试几次，掌握力度就好了。

力度我还没掌握到呢，手上却磨起泡了，泡里都有水鼓着，痛得厉害，锄头把磨在泡上，那就更是痛得钻心。我拿不起锄头了。

爸爸走过来，严肃地对我说道："把你的手伸出来。"我一听，不会是我不听话，他要打我手板吧？虽然不情愿，但我还是把手伸了出来。爸爸在我的手上吐了几口唾沫，然后用他那长满老茧的手握住我的小手轻轻地搓了几下，说：好啦！

我看见爸爸手拿锄柄，不时松手向手心呸呸吐一口口唾沫，搓搓双手，我便不由自主琢磨其中奥秘。唾沫如润滑剂，可以护肤，减缓干磨，而又能增强发热的锄柄与手心的黏合力。我把这体会说给爸爸听，爸爸便夸我，说还是读书伢聪明些。

过年了。今年过年，我和家人一起回乡下过。爸爸也早早地在院门口等着我们的到来，一看到我的身影，爸爸便会赶紧迎上来，用他那双粗糙的手握住我的手搓几下，爸爸的手很温暖，而且这回爸爸没有用老茧把我的手搓痛了。他的手现在很舒服，有点柔滑。我跟着爸爸进了家门，爸爸又把我带进了厨房，他兴致满满地拿了一块很大的猪头肉给我吃。

第二年过年，我便再也不能看见爸爸在院门口迎我了。现在的他只能是中堂上的遗像。这是我最难过的一年春节，每一间屋每一处院落每一条村道都有他的影子，现在，也都有我的泪……

我默默走在雨里，无边的雨雾依旧在交织着爸爸的影子。

真的，爸爸，好想，我好想再握着您那长满老茧的手。

时光还在，你还在

我想要的很简单，时光还在，你还在。你我青春年少，邀上三五好友，我们一起放飞山水。晨同朝阳起，暮看夕阳下，赏山花烂漫，听竹笋拔节，望溪水潺潺，看鱼虾翩跹。满身汗水臭，嘴角上扬，满怀灿烂。

我想要的很简单，时光还在，你还在。你我忙中偷闲，飞快徒步老家。捕捉母亲的音浪，在她怀中撒娇；揣着父亲的微笑，在他的果园里驰骋。帮妈妈推磨碾米，学妈妈做香喷的米糕，看父母吃得眼睛都眯成一条线的样子；抚摸着父亲扁担的余温，听父亲讲"愚公移山"或"夸父追月"，帮他在田间在果园给庄稼施肥、挑水，唯盼父母展颜一笑，不再眼泪湿衣襟。

我想要的很简单，时光还在，你还在。你我心静如水，与墨为伴，与书结缘，与四季共缠绵。我撑一把紫花伞，怀揣书香，泛一叶轻舟，摇曳在你婉约的词笺里；你伫立在水之湄，"……风华正茂；书生意气，挥斥方遒……"，我们共烟雨轻舟。春泊橘子洲，赏垂柳依依；夏停洞庭湖，观芙蓉妩媚；秋驻湘江边，拾红叶片片；冬停青海湖，看雪花曼舞…我们不被尘世折弯，满怀潇洒，安然。

我想要的很简单，时光还在，你还在。芙蓉出水，兰草着墨。你屹立在湘江河畔，把中国梦轻吟；我踏歌而来，弄一管清笛，为你吹出一幅水墨丹青画卷图。云水遥，醉红尘，我们牵手，不说再见。

我想要的很简单，时光还在，你还在。年华垂暮，满脸风霜。我们身边有一庭院，它面朝大海，春暖花开；有一木屋，一菜地，一花园，一对满头银发的人儿——那是我们躺在老藤椅上，轻吟浅读，读年少时发酵了的情诗；我们浅笑吟吟，满脸灿烂，一起翻阅旧时光。

最忆，那扁担上流淌的爱

又是满满的两箩筐家乡特产。

糯米糍粑一蛇皮袋，几斤自家风干的香肠和牛肉干，还有几斤从河里网上来，再用柴火慢慢焙干的小河鱼，一袋自家地里长的南瓜、红薯和大红辣椒……

这些都是女儿最爱吃的东西。他精心准备这些东西就费了半年的“心血”，临到出发的前夜，他还一一再次清点，放进箩筐，试挑一下，很沉。沉甸甸的不是劳累，而是心里觉得踏实了。

他努力挑起这一担沉重的东西，步履蹒跚地步行五里山路，沿途一共歇了六次，才慢慢走到了村里的公交车站。这时，他已经满头大汗，气喘吁吁的，身上衣服已经湿透了，可是他还是一脸的喜悦。因为他最爱的女儿，就快可以品尝到这些喜爱的东西了。

十分钟等待，公交车到了。这天要进城的人特别多，有要进城去买新衣服的，有约了朋友去看电影的，有进城去做工的，也有带了货品要进城做生意去的。小小的公交车内特别拥挤，他费了九牛二虎的力气，好不容易才把那两筐东西一点一点挪进公交车里，尽量靠边摆好了，自己则拿着那根跟随了他十年的扁担在筐边，像一个守卫宫廷珠宝的卫士。车里的人基本都是熟识的，有漂亮的姑娘，帅气的小伙，也有能干的大婶们。他瞅了瞅，就小心翼翼地向站在侧边的大婶子问询，那些姜啊，红薯，要怎么才能制作成最好吃的红薯片和姜片呢?

大婶瞧了他一眼,笑着说哪里有大老爷们儿学这个的。

他便说,也想学一学,以后就可以做给在城里工作的女儿吃了。

大婶子也想起了在外地打工的孩子,心里马上就变得充满了感情,于是一点点地说制作程序,几月的姜,几时的阳光,要揉多少盐,加多少紫苏,还可以做一些放杨梅的,姜就会变得红润。自家制作的,没有色素,那才天然呢。

大婶说了两遍,反复问,到底记住了没。

他笑得万分感激,好像已在暖阳下把姜片和红薯晒好了似的,点头,道谢。然后低下头去看箩筐,心里有了新的盘算。

这是仲夏时节,烈日炎炎,路边的花草树木都泛着耀眼的白光,车内虽然开着空调,还是能听得见一些人在抱怨“热死了”。

而这位从山里走出来的老人也觉得车上比山里热多了,他额上的皱纹里,渗着密密的汗珠,花白头发慢慢就被汗水泡得像洗过一样湿漉漉的,晒黑的皮肤泛出一层红晕,但他还是像那根扁担一样笔挺着身躯。大山里的劲松就一直是这个顽强的姿势的。

四十分钟之后,公共汽车才缓缓开进了城。

下车的时候,不少人还要转车去更远的地方。车上的人匆匆忙忙,等下得差不多了,他才将两个筐细心地挪出来,生怕被人碰翻了。

大婶临下车时还回头冲他说:“他叔,你还是先打女儿女婿电话,让他们来接你,不要太累了自己!”

“他们都很忙,在上班,我不想影响他们工作,反正我闲着也没事,挑着慢慢走,我记得怎么去他们家。”坐在驾驶位上等着乘客下车的司机听到了,他想起了自己在乡下的父母,突然就被感动了,赶紧起身帮老人把东西从车上抬到地面,然后站在车旁,看着这年过花甲的大叔吃力地挑着沉甸甸的担子,满脸微笑着慢慢走出汽车站的出口。司机返身上车,忍不住伸手背在眼眶边蹭蹭，擦掉了一朵泪花。

老人步履沉重，他不紧不慢，走走停停，还微笑着哼小曲儿，一步一步朝着女儿的家走去。

“大爷，您挑的这卖吗？”有两个中年女子停下来招呼。

“不呢，这是给我闺女送去的，我从乡下给闺女准备的。”他在阳光下，满面阳光和幸福的笑。

“乡下有亲人真好！”

“不，是家里有父母真好。”两人微笑着看了老人一眼，惋惜没有买到好东西，有点惋惜地走了。

这是一天里太阳最毒的时候，炎炎的烈日照着地面，地面滚起热浪烤人，如果是个鸡蛋，放一会子恐怕也就烤熟了。

烫的水泥地板就这么亲吻着赤脚的他，他挑着满满的一担家乡特产，慢慢走，到有树荫的地方就停下来歇一歇，他朝远方看，他知道女儿住在哪里，还要拐几个街口，在哪个方向。

闺女在哪儿，哪儿就是他的方向。

余生,写一封情书给你

余生,想写一封情书给你,期盼,与你牵手美好。

斟满一杯祝福,给余生,让心中斑斓的梦,撩起未来温暖的光阴。

告别风雪漫漫、夜雨潇潇的过往,挥别漫长的黑暗。余生,我要直接把情书写进你的目光里。

余生,站在岁月的眉梢,看四季美好次第绽放——春花娇媚,夏风清凉,秋果芬芳,冬雪烂漫……心湖上便漾开一圈一圈优美的涟漪,绽放成了幸福快乐的模样。

往后余生,任凭时光荏苒,不念过往,不畏将来,笑对生活中的风风雨雨,每一天都是自己喜欢的模样。

余生,我想让自己在你的怀里,活得风生水起——

晨起,我要让身体与思想一同朝着阳光奔跑,用汗水洗涤尘埃,笑对人生。

日暮,听一串一串鸟鸣与蛙鼓,构思一部一部亲情剧,吃一碗红薯饭或萝卜饭,写一首首且行且珍惜的诗句。

夜晚,与家人围炉夜话。我微笑着谈文学传奇,你深情地说着人生与奉献。隔着窗,我们还能看见儿女们正在蒸馒头、炒白菜……这是属于一家人的亲情水墨画。

余生,让每一个日子都被烹饪出幸福香甜。

炎炎夏日里,我为你擦去额头上晶莹的汗珠;

雨雪下,你为我高高举起一把红雨伞。

庭院里,满头霜花的我们,一边用心照料那些花儿,一边在心上琢磨几句,再矫情一段旖旎的岁月。

若阳光正好,我们就坐在老藤椅上一起翻阅旧时光。

往后余生,相濡以沫,都编进细水长流的幸福里。

愿余生,我们是彼此眼中的山水,彼此生活的屋檐,彼此饭菜中的盐,彼此的绿荫与阳光,彼此的诗与远方。

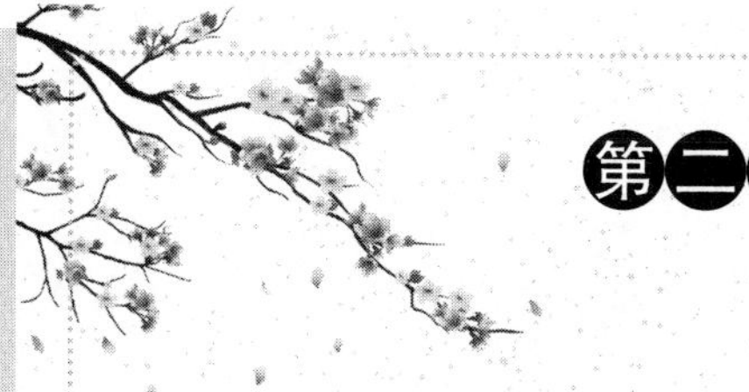

第二辑

陌上花开

MOSHANG HUAKAI

陌上花开

“咕咕布谷……咕咕布谷！”

一阵杜鹃的鸣叫声传来，像乐器奏出的音乐一般动听……

在哪儿？

在山村小学教室窗外茂密青翠的树林里，在陌上的花海丛中，它们一边欢快地跳跃着鸣叫着，一边翩跹舞蹈着。

女教师芝一边微笑备课，一边静静地聆听。她觉得，这杜鹃的声音连同隔壁教室里孩子们琅琅的读书声，都是世间最美的声音。

芝大学一毕业就考取了特岗老师，她选择距离市区有三十公里远的山区小学，做一名教师。教学上，芝样样是能手，她教语文、数学、外语、美术等课程，一周二十四节课。

她刚来这里的时候，这里教学环境差，四周都是泥泞的小道，她喜欢的高跟鞋都烂了三双，从此不再敢穿。教室窗户没有玻璃，冬天，学生们冻得全身发抖，根本就无法安心学习，在教室里不是打架就是吵闹。芝心神疲惫，嗓子经常都说得嘶哑了……

后来，芝就想方设法帮同学解决困难，让学生能安心学习。她把自己与大学同学们还保存得完好的旧衣服送给家庭贫困的学生，用自己微薄的工资给留守孩子买生日蛋糕。她还利用双休日和晚上给孩子们补课，她组织丰富多彩的课外活动，带着孩子们一起玩，寓教于乐。孩子们开始觉得她可亲又可爱，换了称呼开始亲切地唤她“漂亮姐姐老师”。

三年时间，现在学校环境已焕然一新，和城市学校的环境一样美丽，这是政府的重视与爱心人士捐款的结果。芝也通过努力考取了研究生，一起进步的，还有她的学生——有几名她辅导了舞蹈和主持的学生荣获市级舞蹈、主持比赛一等奖，她辅导了作文的学生参加全国征文比赛，有两人荣获二等奖……

一阵微凉的风吹过芝的脸颊，晨曦温和地抚摩着她的长发，她缓缓地仰起头望向窗外，看着不远的陌上，燕子在电线上呢喃，百花开得正艳呢。

春天已经降临，看着眼前的这个世界，处处春暖花开。

芝置身于这群山环抱的学校，每天看着孩子们无拘无束地吟唱着李白的诗句，一张张快乐的笑脸，像百花一样盛开。世界就是这么美好，芝感觉自己也和孩子们一样，是非常幸福的人。

爱在烟花三月天

冬寒散尽,依旧又是春风十里。

把二月的美好折叠进记忆,在莺飞蝶舞的召唤中走进三月,一路都是明媚的春光。

江南的三月,每一个角落都有无边的春色在浮动。

关不住的春色,吹面不寒的杨柳风,渐浓的生机正引诱着寻梦的脚步。各处萌生的一抹抹新绿让人忍不住去探春,去姹紫嫣红深处徜徉。

去烟花三月的江南吧,赏远山含黛,春色连波,草长莺飞,纸鸢翱空,燕影剪水,垂柳依依……去三月的江南,牵手暖人的春风,去亲吻娇媚欲滴的春韵……

喜欢在烟花三月放飞心中柔软的希冀和斑斓的梦。带着满怀的爱去耕耘和播种,去邂逅更好的自己,与心爱的人牵手漫步在大自然之中。

“等闲识得东风面,万紫千红总是春。”这个时节,春风如一把檀木梳,在默默梳理着每一处、每一隅。

春芽萌动、春色蔓延,春曲的旋律也在不断流动,缱绻在每一个有声和无声的地方,在咫尺,在天涯。远在非洲坦桑尼亚,一位爱心女作家也收到了此处的春消息。她就是中非文化大使——利斯。

利斯老师将中文之美传到了非洲,她给非洲孩子送中文书和文具,送作业本等用品。在她的影响下,不少非洲孩子爱上中国功夫,爱上中国的方块字，也爱上了中国歌曲。在利斯老师的努力下，中华文化和中华文明在非洲大地得到了更多人的认同和喜爱……

同时，她四年如一日在为湖南读书会奉献自己的光与热。她不厌其烦地推荐爱心人士支持湖南读书会的爱心活动，还慷慨解囊资助一位家庭贫困的签约小作家，赞助湖南读书会出版孩子们的获奖征文……

在我们心里，利斯老师就是这三月里最沁人心脾的一朵幽兰，芬芳着我们的心海。

春风拂过湘江岸边的柳树梢儿，也拂过利斯窗外那些高大的椰子树。从利斯老师指间轻轻穿过，抚着她飘逸的长发，拂过她灿烂的笑脸。

一年之计在于春，在这春意绵绵的三月，将有太多美好的事情发生，有太多美丽的遇见，生太多的欢喜与爱意。而我，也只想将心中的爱和深情点燃，将心中的敬仰之情点燃，向着利斯老师，向着努力奉献的志愿者们，向着所有善良和真诚的人们，还有那些全心全意为人民服务的公仆们，尽情绽放。

他们都是爱的化身，是甘甜的清泉，是润泽万物的河流和雨露，他们是一曲空灵的天籁。

我还要走向田野，将春天的美景采集，剪春为诗，酿花做酒，我要把它们都留在心灵深处，让爱的芬芳长留人间。

大通湖，最美的江南水乡

时光不老，美誉不衰。湖南益阳大通湖用盛世容颜诠释了“三湘第一湖”的实至名归。一帆渔舟晚唱，驶过湖光山色，从历史的深处迢迢而来。清风习习，湖光潋滟，江南水乡的神韵，跳跃着欢乐的涟漪，不会有一丝沧桑。

洞庭之心，在这最美的人间四月天里，开始跳动新时代的脉搏。

梦里水乡大通湖

梦里水乡大通湖，如一幅美丽的水墨画卷时刻让人沉醉：烟波万顷，浩浩渺渺，碧水长天色清净，红霞落雁落沙洲……这是被世人誉为“洞庭之心”和“三湘第一湖”的景色，恐怕就是到了唐宋名家笔下，也要为它的景色沉醉，挥毫再添壮丽之作了吧。

大通湖，位于洞庭湖腹地，北与南县交界，南与沅江毗邻，面积 12.4 万亩，容积 2.32 亿立方米，是湖南省最大的内陆养殖湖泊，2014 年获批国家湿地公园，以如画如诗如歌的绝佳景致吸引着八方来客。

“百里大通湖，百里诗画廊，百里鱼米乡。”这里人文与胜景交织，景色与物产共辉，一寸山水一寸金，也是旅游与投资的宝地。

入得宝山，岂能空手归。不妨遣几日闲暇，去慢慢展开这画卷，领略一番大通湖里浓墨重彩的四大景观：

其一：舵杆洲——洞庭现孤洲，西水向东流；江南一景点，胜似黄鹤楼。

其二：大通禅寺——肖公善好施，仗义救渔姬；供奉因高祖，成佛更传奇。

其三：三仙庙——增福垸曾洪荒一片，芦苇丛生，野蒿遍布，湖里淤泥深不知底，据说曾有老汉在毗邻的南京湖捕鱼，猛然瞧见南京湖中央拱出一条水蟒，消息传开，乡民惧之，便齐心合力于洲中高处垒泥作基建庙以祭，取名三仙庙。

其四：大通湖生态旅游度假区——品味大通湖生态旅游度假区宾至如归的温馨。大通湖渔场是即将开发的大通湖生态旅游度假区，是南洞庭世界级湿地资源保护区核心景区之一，地处环洞庭湖旅游精品线路的中端。

四大景观只是山水一角，这里还有环湖景观，是阡陌纵横的田园风光，是神奇的水乡生态美景，是一望无际的油菜花海，还有千亩果实飘香的葡萄，处处民居门前屋后环绕的绿树，甚至还有一户户“农垦涂鸦文化墙”，充满了浓厚的乡村文化气息……

到大通湖来，春看菜花夏赏荷，秋品螃蟹冬捕鱼。老的小的，男的女的，好动的好静的，在这里都可以玩得尽兴。拍照的，钓鱼的，吃美食的，玩的，溜达的，甚至捋起裤腿儿下水追鱼捉螃蟹都可以，所有人的活动在这儿都可以满足了，真是洞庭福地啊。到了夜里，亲朋好友二三四五六，在篝火旁愉快地聊天，欢乐地跳舞，饮几口酒，剥几只蟹，再也没有比这更惬意的日子了……

这就是梦里水乡大通湖给人的视觉享受与味觉盛宴，让人流连忘返。

鱼米之乡芙蓉国

大通湖还素有“鱼米之乡芙蓉国”之美誉。大通湖的特色就是“著名的鱼米之乡”，因而这里物产丰富，主要有稻米、棉花、四大家鱼、虾、蟹、莲、菱角等。

大通湖有“湖南香稻第一村”的美誉，出产的就是大通湖的拳头产品，优质大米——香稻米。香稻米纤长清秀，米粒整齐，洁白通透，光泽温润饱满，清香怡人，米饭嚼之口齿生香，为米中上品，比曾经的朝廷贡米还美味，让人青睐，爱不释口。中国工程院院士、杂交水稻之父袁隆平曾亲笔为香稻村题名，并给予了香稻高度评价说，“香气扑鼻，柔软可口，的确是一个很好的香稻品种”。

“鱼米之乡”大通湖的湖上“四珍”则是——鳙鱼、虾米、大闸蟹、中华鳖。

四珍之中的鳙鱼可是非常美味的食品,它肉细而紧,味甜,美味可口;虾米制作的虾酱与鱼干也堪称一绝;特别是大通湖的美食名片——红灿灿、香喷喷、热辣辣的大闸蟹与阳澄湖的可以相媲美;而“大通湖”牌鳙鱼、黄鳝、中华鳖,让你大快朵颐,齿颊留香。

于是,一碗口口香米饭,一碟清香四溢的菱角米,一盘热气腾腾的熟鱼,一盆红彤彤的大闸蟹,一樽红红的葡萄美酒,一杯清香四溢的龙井,一场动人心弦的歌舞,再细数着一个又一个传奇故事和美丽风景,让人如驻人间仙境,过着胜似神仙眷侣的日子。便会让人情不自禁有“不到庐山辜负目,只愿生在洞庭湖”之感慨了。

文史荟萃诗画廊

“百里大通湖,百里诗画廊”。大通湖不仅有着丰富的自然资源,而且历史文化底蕴十分丰厚。大通湖历史悠久,文化荟萃。“王家坝遗址”记录了六千年前的大溪文化,古老厚重。为人好善乐施,疏财仗义的肖公以及从五大农场各有特色到整合资源撤场建区,数十年沧桑巨变,农垦文化、军垦文化、知青文化一路传承与弘扬。历史上许多文人墨客给这里留下了众多的名胜古迹和灿烂的诗文,与鱼米之乡相得益彰,融汇成一道道独特的风景线。

大通湖的渔业生态、农垦文化、特色饮食等自然和人文资源,都围绕着建设“水秀大通湖”和“田园大通湖”的主题。千山红葡萄庄园、农垦博物馆、南湾湖军事拓展基地、大通湖旅游度假区、北洲子湿地公园、金盆鱼虾风味美食街、诗画第一村(烟村)、江南第一庄(艺景农庄)、垂钓休闲、水上乐园、沙滩摩托和四季泳池,还有五星级乡村旅游点锦大渔村,儿童水上乐园和大湖观光长廊、水上高尔夫球场,给人以不同寻常的美感与感受。

大通湖区政府着手自然和人文资源,打造了“东部乡村风情观光”和“西部生态休闲体验”,以及“北部亲水度假”三大旅游板块,迎接国内外的宾客。

好人,好水,好风光,构成了大通湖鱼米之乡的骨骼和血脉。大通湖正在向经济繁荣、社会文明、环境优美、城乡协调发展的现代化湖滨城市目标迈进。

那一年

那一年，孔雀东南飞，五里一徘徊，他的心格外忧伤，最柔软的水都能将他硌痛。

那一年，红尘卷起寒风，撕裂了他的婚姻，他白天参与唐山援建，夜里埋首药理实验。

他不愿意回首——

八千元的工资全都买回来中草药，晚上以身试尝，妻说他有精神病，挣点钱全部拿去做药理研究，这是科研单位的事，你逞的什么能？

那一年，他面包没有，房子也没有，婚姻和爱情都弃他而去，这是他曾努力经营过，付出过心血建设的婚姻与爱情啊，可一张张法院的传票像雪片似的飞来，投向正在住院吊药水的他……

这桩一年不到的婚姻一眨眼间就毁了，从此他便像没有羽毛的鹰，没有鳍的鱼，像失去了蓝色的天空，只剩下灰。

唐山被 8.0 级地震摧毁，一夜间城市变成了废墟，伤亡无数，无数的家庭破碎。他放下了自身的悲痛，挺身去支援唐山重建，夜以继日地忙碌，甚至一个晚上搬运 240 袋水泥，直到累得直不起腰，瘫软在地。

后来，他干脆辞职成了专职的修脚工。

他一路北上，到了北京，又进了收容所，最后还是被遣送回家乡。

这时候，他丢了工作，成了一名真正的无业游民。

他哭了，泪水在心里流，他像一根惊惶的水草，在无助的狂涛中，他想抓住哪怕一根稻草，能带他漂过沧海，回到岸上去。

那一年，他终于用顽强的毅力走过了一道道高坎，终于追寻到事业的成功，从而追寻到了他所想拥有的一切。

只有自助，天才能助之。他振作起来先考取了“行医证”，又把家传的中药秘方发扬光大，治病救人。从此他起早贪黑干事业，直到风生水起，爱情再度降临。

一位长发飘飘、聪明贤惠的漂亮女子与他牵手，走上了婚礼的红毯，成全了他对家的渴望。

那一年，他破茧而出，开始在梦中的蓝天飞翔……

他曾告诉一直为他操心而憔悴的父母：你们保重身体，有我这个做儿子的尽孝，你们当放心。我会竭力为全家人撑起保护伞，你们会看到的，会满意的。

那一年，潮落潮涨，他重新风生水起。

万泉河——幸福之泉

潮汐轻吻万泉河，河岸边的花草树木葱茏。

我久久地环顾万泉河，只见水清见底，沙礁可辨，卵石可数，四周山峦起伏，乔木参天，峰连壁立，奇伟险峻。每一个角度，都是一张精心布局的美图，而这美还是一套连图，是一幅水随山绕、波簇山影、鸟掠竹林的长轴画。

黄昏里，山色变幻更是神奇，而且萤火虫开始点灯了，它偶尔落在浅草上欣赏渔舟唱晚，偶尔飞过树梢去看灯火迷离。

我也朝远处看。远处是隐隐约约的高楼，它闪着无数时隐时现的萤火虫灯色。

我还看见林间已经静下来的倦鸟，突然又都腾空而起，慌飞一阵，然后重新寻找可以过夜的新枝——那是它们今夜入梦的家。

万泉河还留着元朝文宗皇帝的足迹。17 岁的二太子图帖睦尔因有皇位继承权，便被堂兄英宗皇帝流放至琼州，他在多河逗留与美丽的青梅姑娘相遇，心生爱慕，可青梅姑娘早已与帅府西席订婚，不愿意攀龙附凤嫁给落难的二太子，图帖睦尔也只好作罢。三年后泰定帝登基，招图帖睦尔回京封怀王，人们在多河渡口送图帖睦尔乘船出海，并祝他“一路万全”到京都。几年后，图帖睦尔称帝。由于感念流放期间人们对他的照顾和祝福，于是给“多河”赐名为“万泉河”，人们也将“多河渡口”改名为“文宗渡”。

自笑当年志气豪，手攀银杏弄金桃。

溟南地僻无佳果，问着青梅价也高。

当年二太子求婚未果，使写下这首《青梅诗》，被后人镌刻于巨石之上，如今就矗立在定安县岭口镇黄坡村。

万泉河后来的故事却比古代更精彩。就是没看过电影《红色娘子军》的朋友，恐怕也听过那首“万泉河水清又清”的歌吧。

1931 年 5 月 1 日，中国第一支妇女革命武装——中国工农红军第二独立师第三团女子军特别任务连在海南省琼海市成立，这一百多位平均年龄不足 20 岁的女战士，在战火纷飞中书写了中国革命史上的一段红色传奇，这些花一般美好的女孩扛起了猎猎红旗，奏响革命和妇女解放运动史上一段最动人的乐章。

我们在广场瞻仰红色娘子军的雕塑，在博鳌论坛上一遍又一遍地聆听“万泉河水清又清”这悦耳的歌声，心灵也一次次被革命故事洗礼。

现在的万泉河，是崭新的万泉河，是快乐幸福安宁的万泉河，我们倚着槟榔树与椰树拍照，安然享受晨曦与日落的美景，在记忆里刻录下每一寸美景，每一点温馨，每一道美味，每一个故事。这辽阔海岛的点点滴滴美丽啊，我都想带上归程。

瞧，万泉河水波光粼粼，是星光掉进河里了吗？是月华掉进河里了吗？

要不，你也来看看？

满天星，一场禅的盛宴

非常庆幸，在满天星，我翻到了汉字词典里的词语：天蓝蓝、云悠悠，林茂密、花娇媚，溪水潺潺、峡谷瀑布，飞奔直下……沅江水迂回而流，星光闪闪，月色清冽，如禅如诗。

曾几何时，千万匹马奔涌而来，驮来种子，依着此处的水源与阳光，快乐安家，这便有了明代驿道上的善因亭。目睹着古老而沧桑的善因亭，我仿佛看见一朵朵禅意的快乐萦绕在它的上空，是旅人的行吟在山梁上回荡，是书生的心事生长在古墙的青苔上……

据说，瑶王和仙女曾在这里相遇、相爱、相守，又在这里分离，从此，天上人间他们遥遥相望，相思绵绵无绝期。后来，仙女用相思的泪滴编织了七七四十九条瀑布，从天庭飞流直下，汇成了一条条清冽的溪流，哺育着峡谷里的树木花草，使这儿的山色更美，物种更丰富，人们的生活更安宁。

瑶王终日就在这峡谷里劳作，守着这些溪流和青山沃地。

他们对爱情的执着终于感动了上苍，随着风调雨顺的指令，天上的星辰和飞来的鸟雀，一起拨亮了山花的灯盏、晕染了树林的绿意。人间许多的芳菲，一步一步向满天星拢聚。

绚烂或静美，在青山与白云间、在青砖白瓦间悄悄流淌。

一处风景，一处神迹。人文净地的满天星，沐浴着日月。

漫山遍野热情的杜鹃，像莲花佛一样，在满天星打坐，双手合十。

一颗一颗伸手可触的星星，像一盏一盏祝福的灯，在满天星上空闪烁，满怀虔诚。

每每陶醉于这一场场视角的盛宴与每个季节捧出的别样灿烂的笑脸，无数的芬芳，无数荡漾充满禅意的歌声。

我轻轻合上汉字词典，把所有与禅有关的词句，揣在怀里——禅是灯，是路；禅是天，是地；禅是爱，禅是美，禅是四季，禅是万物，禅是云端上的满天星……

看呀，幸福已把铁轨铺展到充满禅意的满天星上，那花朵与峡谷深处。

你是我心中盛开的梦

雏菊花的爱，纯洁、淡雅而深情。

“很爱很爱你。所以愿意，不牵绊你，让你向幸福的地方飞去。”

——题记

浅秋，晚霞染红远处的山林，染红陌上的红叶，漫过心的原野，打开了记忆的画屏。你又在我的心海里跳跃，平凡的雏菊花，我想起了你在微风中摇曳的样子，想起有你相伴的儿时时光，那些欢乐与美好。

掀开尘封的记忆，你在我家的园子里，在阡陌纵横的田间小道，在我眺望的山坡，细小玲珑、清香四溢的你，安然静默着，我只需轻轻回首，便能看见你在颔首微笑，随风摇曳。朴实无华的你，喜欢远离尘嚣，扎根在荒野，兀自开落。

你就像一位纯洁天真的害羞少女，又像是一支淡雅的歌，时刻在我的耳边轻唱。你是神话里森林精灵维利吉斯的美丽化身。

我喜欢静静地坐在你身旁，在阳光下亲吻着你特有的芬芳，与你深情地凝望，亲切呢喃。微风中，我感受到你的娇媚与坚强、快乐和幸福，你是和平与希望的天使。

我喜欢你的纯朴与痴情，你固守心灵的一方宁静，心甘情愿地为爱而守望奉献……无论风霜雪雨还是阳光灿烂的日子，你都执着守望，无怨也无悔。

我喜欢你的纯洁与深情，你把所有的爱都深藏在心底，默默地、不求回报地为深爱的人付出着，即使卑微到尘埃里，你也要绽放一朵又一朵美好。你那阳光情怀时刻感染着我，你的一瓣一瓣洁白的花瓣串起了我快乐无忧的少年时光。永远也忘不了，你缠绕我发间的芬芳与温暖。

我喜欢你那朴实、淡雅而深情的爱，“很爱很爱你，所以愿意，不牵绊你，让你向幸福的地方飞去”。

顺着时光的长廊，走过轮转的四季，跋涉千山万水，我永远不会忘怀的是你在风中翩翩起舞的模样，你像一位白衣仙子，智慧非凡，高雅脱俗。

曾经最美的梦定格在心中，成为永恒的记忆。在花开花谢的流年里，你永远是盛开在我心中的梦。真想采摘陌上最美的红叶，写满我的柔情心语，顺着微微的秋风，静静地放飞于你的窗前，与你相伴朝朝与暮暮。

（姜雪　红帆）

一卷禅意入画来

书院听禅

千年古镇，洞阳，文明源远流长。

烟雨、山花、书卷、花鼓与绵绵的禅意从古连到了今，将洞阳古镇的景致串成彩色醉人的珍珠项链，镶嵌在江南水乡的梦幻里。

在观前村“隐真观”的招牌上，闻一缕秦始皇御笔的墨香，在大山深处，听一串神农踏遍青山的脚步声，在洗药井畔，瞧一瞧神农遍尝百草的艰苦，在通往道真观的蜿蜒小径，赏一季山花烂漫，烟雨霏霏，流水潺潺，瀑布直下千尺，宛如站在时光的隧道里。

孙思邈如一句潮湿的词，落在阡陌花草上，落在我们的心坎上，镶嵌在世界文明的字典里。

我在梦境里徜徉，听见一个深沉的声音响在耳边：“隐忍负重、虚怀若谷，才能走得更远，走向成功……”这声音，从历史深处而来，穿过春夏秋冬，拍打着洞天谷石碑，附在神龟的身体上，最后烙印在世人的心里。

洞阳书院的书声与洞阳花鼓声，融和进潇潇细雨声，使洞阳的梦乡发出轻轻而有力的奏鸣。

每一缕书香都是缘分，都是遥远与现代的最美勾连。在江南的天青色里，在古色古香的隋代建筑里，在二十四洞天，在隋炀帝敕封的“洞阳书潭之府”，在无数的故事与曾经的荣光里，在一丛一丛红杜鹃娇媚的笑颜里，也在泛黄的信笺上。

书香即禅意，就如同天梯，引领我们不断向上攀登。

水库寻禅

洞阳水库的水，流淌着人间的美。

洞阳水库，这座润泽生命的源泉，浇灌了一片片发育生长的繁茂。

这里，林茂草丰，鱼鸟成群。这里，山水相接，山花烂漫。

绿荫如盖的山坡上，娇媚的红杜鹃如红丝巾在飞舞，是在呼唤梦中的情郎还是远方的游子？

采摘一朵山花别在发间，女人的高雅与妩媚尽显。或临湖垂钓，悠闲自在，观鱼虾翩跹，心旷神怡，不是神仙胜似神仙。

打开手中的镜头，将眼前的一卷江南水墨画定格、阅尽。

鱼米之乡，物华天宝；文明之府，人杰地灵。

把文明的梦打开，荡漾着被时光磨旧的身影。

神农、秦始皇、药王孙思邈、二十四洞里修行数年的韩终……都在洞阳的古文明画卷上烙下了一个个美丽的印记。那文明，那墨香，还在洞阳的蓝天上飘荡……如今，洞阳儿女走进新时代，把中国梦也烙在新时代的画卷里。洞阳，像一颗晶亮的珍珠缀在江南的胸口上。

湖水拍打时光，春风化雨，绵绵长长。石阶延伸进湖里，有轻舟一叶，木桨的回声里，走来一双古代的才子佳人，一袭青色长衫、相伴红裙飘飘，人面桃花，牵手含笑。步入长长的湖岸边，消失在遥远的花海深处……任由清澈的湖水和岸边的红杜鹃传递爱的温婉与幸福。

我站在水库高高的瞭望台寻寻觅觅，一卷禅意入眸。

山水生态，在洞阳将是一曲最美的天籁，一种生活理想。

一湖水，倒映起古往今来；一湖水，托起一个美丽富饶的鱼米之乡。

大山品禅

水墨千年，山水相依。那跳跃的绿意与芬芳、欢乐与执着，在洞阳这片山环水抱的土地上，有着此起彼伏的呼吸。

每每我陶醉在这里的天地情怀与深深禅意里。

白石峰，这座极具历史渊源的山峰，一千多年前的隋朝时期，就静静地屹立，它的自豪与骄傲耸立在千千万万洞阳儿女的心里。

白石峰，以朴实蕴深邃，以仁德涵智慧，托举着蓝天，扎根在大地。

在这里，神农把采的药施与百姓，把天下臣民纳入襟怀。我仿佛看到中华民族坚韧不拔、团结奋进的伟力。

湖水亲吻着山脚与河岸的花草。形态各异的石桥、螺旋而上的扶梯，带着无数的典故与禅意。这些美丽的印记蕴藏在中华文明不断被传承的古镇洞阳，在青山绿水间，在袅袅炊烟里……

寻梦，一个和风细雨的周日。

我钟爱那一口洗药古井，与那虚怀若谷的神龟，它们像一道闪光的路标，引我走进逝去的时光；我更爱洞阳书院与书院里传承文明的人，他们屹立在洞阳的怀里，深沉而均匀地呼吸，弹拨着我的万千思绪。

这里，每一块石头里都有传说，每一座山峰、每一棵花草树木都有故事。温婉而情长，可歌又可泣。

我最喜欢怀揣大山情怀、环保创业的有志之士，他代言着洞阳。

禅意山水，它带着洞阳的灵气，镶嵌进一个个梦。

我把一个又一个感人肺腑的故事缀在胸口，像停歇着一只小小的蝶，描述着十里花香和禅意洞阳。

禅是烟雨与山花，禅是书香与花鼓，禅是文明与幸福，禅是洞阳的魂魄。千载神州阳光洞，一卷禅意入画来……

在那美丽的桃花岛上

当沂河又一次唱起欢乐的歌，当桃花岛上的桃花雨偷偷亲吻游客的眼眸——

我已经看见了你勤劳不屈的双手,那是一双宽厚温暖的手,正在轻盈而执着地勾勒人间四月天。顶天立地的男儿谁不是力拔山兮气盖世,顽强的意志续写下的正是中华伟大的“沂蒙精神”。

当百合花拂过你的衣襟,青云打湿了你的诺言。我记起有一位壮年的汉子,他曾在故乡,在都市,在商海,几经沉浮,用生命谱写过一弯彩虹似的传奇故事。那是关乎血汗与爱,谱写出的“一带一路”的凯歌。

心灵的牧场上,吹过三千里春风——

吹开一片,绿浪千顷,此际在这里已经星光灿烂。

那一个人,他用自己的真诚去把千千万万的爱心的力量汇集,用自己残缺的身体与大爱情怀,为残疾世界的兄弟姐妹们撑起了一片广阔的天空,他为留守儿童盖起了“汇泉希望小学”与“北大光华 267 希望小学”,从而点燃了无数孩子们通向幸福未来的梦想……

“北京残疾人福利基金会”和“汇泉助学基金”便成了他的名字,成了家喻户晓的爱的代名词,也成了几十万弱势群体的温暖的家。

那个人,他叫董方军——

他的爱心足迹已经踏过了无数土地，他经过之处无不是留下芬芳和希望——从山区孩子们幸福的晨读声中，从烈士家属欣慰的笑脸上，从给台湾捐建的金门战役和平纪念公园里……

我一点点去感受到，读懂了他浓浓的乡情，读懂了他的善，他的梦想，与他的爱国情怀。我甚至从他身上读到了东方大国的君子之道，读到了一个普通男人愿为国分忧的美好理念。我多么敬仰这样的人啊，关爱英烈、精准帮扶、救助伤残、支持中华传统文化，这每一点一滴，都是正能量的奉献与传递……

这就是沂蒙汉子的本色，这就是凝结在董方军身上的沂蒙精神。

这就是沂蒙儿女将老区精神传承与发扬的佳话，这就是桃花岛上最美的故事。

等你，编织一帘紫色的梦

又一回，紫色云雾绕指尖；又一回，我翩跹于紫色海洋中，沉醉在夏日清新的气息里，流连忘返。

夏风送爽，紫花微雨，云絮飘逸，芬芳了情怀，沁润了笔墨，丰盈了镜头。一季的紫色繁花如海，燎原一抹抹紫色的呢喃，紫色的深情款款，紫色的等待与相思，拍摄成永恒浪漫的动人童话。

是谁在心的屏幕上绽放一片紫色柔情？是谁用真挚的心播放五千年的浪漫传说？馨香弥漫清雅的闺房，正朝着你我徐徐开放。

翩翩起舞的仙女，可愿做我的新娘，我愿做陪伴你一生一世的情郎。你可知道，这一片蓝紫色镶着我们昨日的深情和如花笑颜？

拈一瓣日光，点亮我们未来的征程；沽三两和风细雨当酒，沉醉我们的幽梦。在一个青山如黛，紫花如海的薰衣草庄园，你紫裙飘飘，我青衣长衫，我弹指为筝，伴你倾城曼舞。

夏日的乐音如此悠扬动听，夏日的舞曲如此浪漫美妙，夏日里的我正在紫色的薰衣草庄园里痴痴地等你，等你一起编织一帘紫色幽梦。

你可愿与我一起沉醉于溆水河畔，这紫色梦幻的庄园里？

紫氣東來

小苔花与国色天香

这是一个阳光灿烂的春日，国色天香牡丹露出慵懒的笑面，她正晒着暖暖太阳，为自己的美丽与芬芳而陶醉不已。可当她低下头，却看见身下有一大片渺小的苔花。这些低贱的东西，怎么在我的脚下？

国色天香高傲地昂起了头，只用声浪传递她的不屑一顾："好丑的东西，滚一边去，不要影响我的光彩。过会儿会有许多富人、贵人和艺术家来观赏我，他们会欣赏我，赞叹我，给我拍照，为我画像，给我写歌，我的照片将会挂在许多人的家里，我会与许多美丽的人合影。"

这时，一粒名叫苔米的小花怯怯地说："您确实芬芳四溢，确实高雅富贵，我们自然不能跟您的国色天香相比，可我们再细小低微也还是会开花的呀，难道微小的花朵就不是花朵了吗？"

听到顶嘴，国色天香几乎要气晕了，气急了大喝道："你们那也叫花朵？谁会在乎你们？国色天香才是世界的主宰，才能招才子佳人们喜爱，才会被达官贵人们追捧，我们能上名画家的'醉春图'流芳百世……你们能吗？"

国色天香骄傲自信地说完，脸上的得意更加了一百倍。

"我们不能，可是这个世界也不能少了我们。"小苔米继续表达自己的观点。

就这么争论着，国色天香愈发生气，她急躁得很，都快要忘了牡丹"尊贵高雅"的身份了。而小小苔米呢，个头不大，声音不高，却倔强得很。

“你从什么地方滚出来的？敢在我面前如此放肆！”国色天香拿出了皇后般的威严。

“我们四海为家，没什么美丽或艰苦的地方不能生存。”

……

“哼，只要是我在的地方，都不会有人愿意多看你一眼，不信，咱们走着瞧。”不一会儿，气疯了的国色天香就决定跟着小苔米去看看什么叫所谓的“四海为家”。

于是，小苔米带着国色天香穿过了城郊的大花园，来到了树林里。

灌木长得横七竖八，剐坏了国色天香美丽的裙子。但在树林里的苔米们的确没有国色天香那样美丽。她心情还不错。

小苔米带着国色天香经过了岩壁旁。

这里的苔米们的确没有国色天香美丽，可不解风情的大狗熊扇了国色天香一巴掌，把她的王冠都打歪了。

国色天香累得不行了，这时她们经过一处阴暗潮湿的山沟，国色天香的脚被湿软的泥泡得抬都抬不起来了。她面色苍白，花容零落，无比憔悴，可看一看小苔米，她好像还是原来那么精神，而且这一路艰苦，她顶着的那颗小米粒儿，居然在开花了。

“别走了，这鬼地方，脏地方，湿漉漉的，简直让我窒息……请你别走了，我快要死了。”国色天香哀求道。

小苔米依然干劲十足，她天真地说：“我还想带您去更远的地方呢，那儿从来没有过‘国色天香’，你去了更显与众不同，说不定会得到更多的人围观和称赞。”

“别，别……别去了，求你，我再往前走，我就快要死了。”国色天香倒在地上奄奄一息。

“那我带您回去，您一定要坚持住！”小苔米瞧了瞧比自己大几百几千倍的国色天香，思索了好一会儿，最后还是拜托了一只机灵的松鼠送上一程。

小松鼠扛起奄奄一息的国色天香飞快地奔跑,它越过山沟,钻过树林,把国色天香送到了有人烟的地方,就一溜烟儿回家去了。

这是一处干旱的丘陵,旁边只有一所破旧的小房子。小苔米求小房子里的老爷爷帮帮国色天香。

国色天香苏醒的时候,就看见了一位老爷爷正用手指细心地给自己清理掉叶片上的泥沙,小苔米和一只狸花猫正围在旁边看着。她心里突然觉得暖暖的。

“国色天香,您终于醒了,是老爷爷救了您。”小苔米兴高采烈地说。

国色天香朝四周看了看。

原来老爷爷把她种在了屋旁一个花坛里,花坛旁有一棵翠绿的大树,树上有叽叽喳喳的鸟儿,蓝蓝的天空上还有无数的星星。

呀,天都快要黑了。

国色天香收回视线看了看小苔米,她的状态跟自己完全相反,好像越来越漂亮了。

“小苔米,谢谢你救了我……对不起……”国色天香虚弱地说。

“老爷爷说,牡丹最怕烈日,还特别怕积水,所以只能住在泥土疏松的地方,坛内,所以我带着你到处乱跑也是不对的。老爷爷还说,牡丹的确很美,曾被评为中国的十大名花之一,非常受富贵人家的喜爱。”小苔米保持了辩论本色,一口气又说了许多,不过最终的结论仍旧与当初一样。

“牡丹与小苔米本就不一样,不过各有所长,谁也不能缺少,贬低别人可不能衬托自己的高贵,高贵的人是能成全别人,欣赏别人长处的人。”老奶奶走出屋子来叫老爷爷去吃晚饭呢,她的解释终结了这长达一天的辩论。

老爷爷和老奶奶带着狸花猫进小小的房子去了。

待在星光下的国色天香和小苔米依偎着,偶尔还听到敞开的窗户里传出来老爷爷说话的声音:

“苔米也很棒哦，你看著名的诗人袁枚就曾为她赋诗，说‘苔花如米小，一开惊牡丹’。”

再微小的生命，不畏艰苦，努力开花了，一样能被人欣赏。小苔米听了，心里甜甜的。

国色天香听了也非常吃惊和难过，苔米这么微小的东西，同样也会有大人物的欣赏和赞叹，而自己的生存能力如此不堪，却还盲目骄傲，甚至瞧不起旁人。她是多么浅薄啊。

——是啊，每一种生物都有自己的特性，都有自己的存在价值和伟大之处，切不可妄自菲薄，也不可以盲目自大，目中无苔米啊。

山背情愫

神奇的山背,我该如何爱你!对你,我一见倾心。爱你那一组组跳跃在大地上的乐章,每每唱响我心中最柔美的天籁;爱你那藏在高山深谷中圣洁的花瑶姑娘,能温润我心中的梦,爱你那充满野性的青春躯体,如一首空前绝后的田园赋……

每每投身于您的怀抱,仿佛置身于如诗如画的人间仙境;爱你那古老而疯狂的婚嫁习俗,陶醉于那“撩人心扉的原始生活画卷”之中;爱你那蕴藏着原始母系氏族的社会遗风,你是我理想的江南梦,是我心灵深处最美的桃花源。

我寻寻觅觅，满怀向往，寻找我梦中的水域——有一处明亮幽深的峡谷,有盘曲的梯子等待我去抵达。山背有一种莫名的情结,一直在召唤着我去书写,去触摸。

不管季节如何变换,花儿如期绽放在我们向往的山坡,烟雨和落花铺满你的路口。我手捧一朵娇艳欲滴的玫瑰,徘徊在这如诗如画的入口,期盼一个更完美的江南梦,在山背的岁月皱褶里,悄悄绽放。

一次又一次,花轿与红罗伞停在你的城池,因为你是天南海北旅人心中待嫁的美丽新娘。

眼前,这山背正烟雨蒙蒙,山坡有缠绵的风,有花花草草,还有痴情的花瑶姑娘正盛开甜美的笑。来到山背,就能让我轻启诗意的门扉。借我一双翅膀，我愿能在美丽的山背上空低翔。

山色是谁临摹的丹青？错落有致如诗行，是那层层叠叠的梯田奇观，这都是山背儿女的杰作啊。那俊秀的“稻作文化”与“花瑶文化”都是美丽山背动人的篇章，勤劳的山背花瑶姑娘最擅长制作甘美的清茶与清冽的美酒，欢迎尊贵的客人们品尝……

我知道，山背一直也在把我等待，等我的脚步由远而近，轻轻地走进他含笑的眼眸里。我来了，便能日日夜夜呼吸山背田园的风香，即使我离开，心里也始终默念着你的名字，就像心中绽放的那朵诗意。

美丽的山背，你是我的十万相思，一帘幽梦。

美丽的山背，你是我的一骑红尘，心尖挚爱。

四月锁芳春

倘若时光赠予我一把锁，我要把春天之美，锁在其中。

——题记

最美人间四月天。

红尘阡陌，花香袭人，杨柳依依，姹紫嫣红，莺飞草长。柳堤烟笼，老树新绿，故燕重临，灰雀啁啾，大雁翱翔。临水照影，一抹嫣红的温柔与碧水交辉，点染一江春色。

芳菲四月，心旷神怡。穿喜欢的衣服，读喜欢的书，或者就坐在窗边，看着燕儿归来，大雁穿空。也可以走进大自然，走进春暖花开。与春风拥抱，与花草亲吻，与大山呢喃。站在明媚的阳光下，眯着眼，嘴角上扬。

也可以跟着春色出门，在江南雾霭沉沉的天空下走着。

江南绵绵的春雨，细长而温柔，像细碎的情话，说给花草树木听，说给小鸟听，说给大自然的一切听……转眼间，大地一片姹紫嫣红，青翠欲滴，莺歌燕舞。

“只恐夜深花睡去，故烧高烛照红妆。”喜欢雨中的桃花，喜欢它楚楚可怜的模样，一瓣粉红娇媚的花瓣，就是一个春天。

紫玉兰和紫荆的花蕾都像小鞭炮，她为春天举行着庆典。菜花在四月里打个滚，滚出一身黄来，成了春天的狂欢之最。春天在风中莞尔一笑，蜂飞蝶舞，微雨花开，绿染大地，芳菲烂漫……醉了，南国的梦。

春天的天空永远不会放弃任何一个生活在大地上的人。它把阳光雨露无私地洒落。它把花香写在日常，它有穿透内心的力量，让我们迎着光，看见温暖，看见笑容。

春天里的小红帽、文化志愿者也如烂漫春花，绽放在山区敬老院的老人与留守孩子们身边，给他们送去生活费与日常生活用品以及缕缕书香。

我们的人民公仆、医护工作者、辛勤的园丁、人民子弟兵……也如一缕缕春风，在神州大地的每一个角落里绽放成芬芳的春天，馨香着世界。

光阴里总有一些不期而遇的感动，温暖着我们的岁月。我们经历着春天里的每一寸光阴，上面的每一条纹理，都布满了人世间最难得的相遇与动情。

去郊外感受踏春的快乐；寻一个山村，随心所欲地爬山、看树、拾花；把室内收拾得一尘不染，给自己一个私密的空间；与亲人视频电话，其乐融融。

活着就是美好，就是春暖花开。不辜负自己，生命是如此美丽。

爱自己所爱的事物，爱自己喜欢的人，爱自己想要做的事情，爱上当下的光阴，爱自己的过往，爱神秘不可测的明天。

四月芳菲，绿草茵茵，山花烂漫，清新的微风如丝如缕，欢喜雀跃如飞鸟，踱行于乡野阡陌。风来，袂裾飞扬，长发翩然，此时此刻，花开无言，素心不动，阳光正好，心情恰好，怎一个美字了得。飘飘何所似，天使在人间。

锁住人间春风，在最美四月天里。看一场电影，吃一顿美食，养一盆小玉兰，捡几块小海螺，与长天一色，捡拾花语与诗意。把所有美好锁在心间，浸泡出春天的模样——

一首柔美的诗篇，一张彩色的地毯，一场美丽的相约，一场心灵和视觉的盛宴……

把春光锁在墨香里，用它来泡出岁月的醇酒。

治大國如烹小鮮
寫於戊戌秋

怀揣阳光，拥抱爱

静秋。

傍晚，我在堤边漫步。

秋风薄凉，沁人。堤上的树碧绿青翠，随风招摇的是无限妩媚的柳丝，将绿绸般的身影投映在江水里，恋人们也愿意在它的荫下喃喃细语。江水柔波，绿柳柔丝，恋人柔情，好一幅和谐的秋初水墨画。

晚风吹过水面，一圈圈涟漪推远，倒像是女人的红唇在吹一盏茶，波纹起处，红唇便会轻嘬一口。然后，唇彩的颜色就落在茶水的倒影里。哦，不。那是缕缕霞光洒进了整个河面，红彤彤的是投影在水中的落日。你看，整个堤岸和河面被霞光染得羞红了呢……

在这样绝美时刻，真想摘一片柳叶做一个柳笛，吹奏一曲《爱的奉献》；或者，就这么扯下一缕霞光做一件衣裳，裙儿还要能及地的那样，便可以显出迤逦而行的美态。倘若能掬起那水纹儿做一把竖琴，一曲《高山流水》便足可歌尽这长河落日之美了。然而，不必。因为此际，在这绝美的长堤上，一动不动，便能成一首绵长的情诗，在天地间拥吻呢……

这一刻，足以醉人。然而，一日却有许多刻。如同一个世界，有千万种人。每个人的滋味都是不同的。即使是水上的落日，它一会儿便离去。落霞褪尽，恐怕恋人也需要依依不舍地分别了。

人生甘苦，世界冷暖，均与红尘无涉，它千百年的喧嚣，不管是悲还是欢。能被季节渲染和改变的，最后都只有人生故事。若无情，人生种种也许能变得那么微不足道，但人真的能无情吗？

即使是无情人，也会有许多对生命的美好期待。若使无情的人能少些，无情的时候少些，再更少些，何尝又不是功德？好人便怀着一切会更好期许，在时光的旋涡里脱身而出，只管宁静了眉眼，笑看繁花开在轩窗之外。

左拉说，人生，只有两分半钟，一分钟微笑，一分钟叹息，半分钟的爱……

两分半钟，是会飞快地流逝，像滑过手指间的细沙或流水。但对于人生，对于爱，半分钟的爱，可能已经足够。

我不，我或者可以将那一分钟的微笑，加至半分钟的爱里呢。

叹息却不能。我忘了曾有多少冷雪飘落在身上，忘了曾有多少叹息和着泪水流淌，若使我不能转化叹息，便将它遗忘也好，遗忘伤痛，任由它化作清脆悦耳的风铃叮当的声音，我也不要将它们想起来。

给你我一个微笑吧，让世界充满爱！

让人间只有欢喜和爱，每一念都是天堂。

飘逸出尘的一曲天籁

清晨8点，我们从长沙城区驾车出发，一路欢声笑语，来到洞阳镇观前村的洞阳书院，这是个历史悠久、隋炀帝敕封的“洞阳书潭之府”的地方。我们特地来此处，是想感受一下灿烂的历史文化，探究一下祖国的文化博大精深，欣赏一下洞阳书院的源远流长。

走过蜿蜒山路，我们就到了1957年靠纯人工修建的洞阳水库大坝。这是亚洲第一座空心坝，见证了在20世纪50年代时候中苏关系的一次友谊与撕裂。站在水库边我们放眼望去，青山绿水尽收眼底。对面的山上开着一丛丛黄花，清秀雅丽，像极了一些穿绿裙子的姑娘在远方挥舞着黄丝巾，让人感受到生命深处的蓬勃与热情。

沿着蜿蜒阡陌小径继续走，溪水清澈，山花烂漫，鸟雀的歌唱婉转清扬，大自然的丛林里，洞天谷地里，一曲天籁正在缓缓流动，等待邂逅生命深处的美好。洞天谷双江大桥，一只驮起千斤石碑的老石龟也让人崇敬，人们纷纷前往抚摸和合影留念，期盼神龟的隐忍与虚怀若谷能触动自己的心灵。

山腰上有火焰一般的映山红正映衬着深蓝绿野，它们在天空深情地注视下，倒映进清澈的洞阳湖水中，风情万种。路旁，无数不知名的小花正悄然绽放，露出娇俏的笑颜。于是有人采上几朵别在鬓角或捧在手心，闻一闻芬芳的花朵，便能唤醒深睡于灵魂深处的天真。

镜头打开了，多拍几张，要摄下这些美好的瞬间，以能在某一天再重回这一刻的感觉。

在这里，你会想起久远的故事与久远的青春岁月。

那些让人热血沸腾的青春岁月仿佛就在昨天，于是歌声响起来，唱一支《让我们荡起双桨》，和一曲《南泥湾》，再大合唱《谁不说俺家乡好》……一串串经典老歌的歌声穿过山野，回响在洞阳的春天里。

春姑娘听了，让春雨也来奏响一曲，哗啦啦下雨了……

于是，秀美的洞阳山沐浴在潇潇春雨之中，我们也沐浴在春风春雨之中，继续前行。沿着蜿蜒曲折的山路来到了“洗药井”。数千年前，神农炎帝或者药王孙思邈都爱在洞阳洞天采药，他们会在此处洗药。洞阳的中草药本就汲天地之灵气生长，再经这井水清洗更是灵性无比吧，所以他们在此采的药治愈了无数百姓，可不知道现在又是哪些人在此山采药，在此井洗药呢。

穿行于陡峭的羊肠小道，一路山花不尽，脚下青草，耳畔鸟鸣，不知不觉我们就到了道教祖庭隐真观，我们照旧有模有样地拜谒各位菩萨，点一炷香，听各自心底的梵音袅袅……据说韩终在这里修炼得道成仙，而我们，也就只能拜拜，然后拜拜了。

隐真观里响起了洞阳山道教的非遗音乐，大家仔细聆听了一阵，个个都流连忘返，但毕竟没那仙姿，说说笑笑，踏着仙风仙乐，毕竟还是要回红尘中去了。

（红帆　姜翔）

花開如夢
己亥 郭晶畫

护邑塔上话风月

“护邑之山何蜿蜒，护邑之水清且涟。山水清妙超屈儃，谁将一柱撑青天……”

护邑塔是溆水河畔一颗璀璨明珠，是江南水乡一朵最美的奇葩；它的身影融进一江温柔的河水，飘荡成江南最美的春色。

“儃山东峙水西流，岸芷汀兰处处幽。芳草一亭怜过客，王孙千里系孤舟。远游不尽怀沙意，忠愤帷深宗国忧。自去汨罗千古恨，年年烟雾为君愁。”这是清代舒洪训为怀念屈原而作的一首七律，其墨宝现如今就镌刻在溆水江畔丫髻山上护邑塔里，那斑驳的墙壁如一面古镜，折射出历史的厚重与隽永。

“护邑塔”塔高七级，塔下建有一座“护邑庵”，是明洪武年间落成，有着悠久的历史，也有过两次摧毁和两次重建的坎坷身世。因而这塔不但包含着深厚的屈原文化底蕴，还囊括着溆水河的美丽风光。此处还有许多美丽神奇的传说，也为它披上一层神秘的色彩，在招徕世人沉醉于风景的同时，还给观光者们奉上了一个感人的上古爱情故事。

传说护邑塔是一位龙潭人为了完成养母的遗愿，并祈祷爱妻能够复活，才花巨资所建的。

明末清初，有个龙潭人名叫白马，家住大山深处，平时靠打柴为生，是个孤儿。他除了有一间茅草屋，一个土灶，几口破锅，三个破碗，别无长物，但是他天生乐观,有的是阳光,有的是爱心和力气。

一个雪花飘飞的早晨,他挑着一大捆柴去集上卖,打算换点钱,然后再买点吃的东西回家。归家途中,他看见一个冻得浑身发紫的老妇人正倒卧在路边奄奄一息,但四周除了许多人在看热闹之外,并没有一个人肯施以援手。白马顿起恻隐之心,就默默地把老妇人背回了家,还求得郎中来给老妇人看病。他几年如一日地悉心照顾老妇人,老妇人很感动,为了不拖累白马,她多次提出要走,白马索性把她认为娘亲。

有天晚上,白马砍完柴回到家里,一进门就看见破旧的饭桌上摆放着热气腾腾的饭菜,他以为是母亲的病突然间好了,身板利索能干活了,因此格外惊喜。但躺在病榻上的老妇人却说饭菜不是她做的。第二天清早,母子二人发现饭桌上又摆好了煮熟的饭菜。母子俩又惊又奇,可奇迹居然接二连三发生着……

白马欲探个究竟,便一夜不合眼地躲在门后偷窥——随着第一缕晨曦升起,他看见一个田螺滚到灶旁,螺壳慢慢张开,走出一位美如天仙的姑娘,她手里还提着米和菜。只见她麻利地清扫土灶,开始做饭。白马又惊又奇,就静静地看个分明。不一会儿,姑娘做好了饭菜,随后又走回螺壳里,依旧变成了一个田螺,一滚就消失不见了。

白马一边偷偷观察了好几天。

有一天,他终于鼓足了勇气,等田螺仙子从壳里走出来做饭的时候,就悄悄把那螺壳给藏了起来。田螺仙子做完饭想离开,找了半天都找不到螺壳,她急得快哭了。这时,白马才走了过去,双膝着地,跪在地上请求田螺姑娘做他的妻子。

仙子很受感动,答应了!

田螺仙子说她的家就在后山的一处泉水边,她每天都看见白马上山打柴,也每天都在她那里喝泉水,她喜欢白马的勤劳和善良,也被他的帅气和爱心征服。就这样,他俩成了夫妻,日子过得虽然清苦,他们却非常恩爱,俩人对卧病在床的老母亲也极其孝顺。

一天,白马拿出一点银钱让仙子去集上买点好吃的。

仙子接过银子一看,非常诧异地说:“这东西就是银子吗?我家后山有许多这样的银子呀。”她便与白马一起到她以前住过的后山去看,那里果然藏了许多银子,于是俩人就把这堆积成小山的银子都搬回了家。接下来,仙子和白马拿着钱到集上买了一幢大房子,还买了田和地,又把一部分钱分给了附近的村民。从此,他们一家三口过着幸福生活,并深受人们的尊敬和爱戴。

可惜,这样的生活还不是童话故事的结局。

好景不长。一天白马不在家,当地县太爷的公子哥来这个集上玩乐,无意中瞧见了美丽的仙子,他淫念顿生,趁机就闯进她家欲行非礼,老妇人挣扎起身子上前阻拦,被那个恶棍打倒在地,倒在血泊之中……

恶棍把仙子强抢回家,强迫她做小妾。仙子百般无计,只好表面上装着很乐意,却在成婚的那个晚上用剪刀刺死了恶棍,自己也咬舌自尽了。

等白马回家,看到家破人亡,真是睚眦欲裂,他抱起血泊中的母亲放声大哭。老母亲用微弱的声音断断续续地说:“孩子,你谨记,一定要继续做好事,帮助穷苦人……”白马含泪点了点头。

母亲又嘱咐他:“如果仙子也死了,一定要把她的螺壳放在水晶棺材里,葬在溆浦县仲夏水车坪丫髻山附近的溆水河畔。我曾经听一位文人先生说过……那里风景优美独特,炊烟袅袅,阡陌纵横……橘林成片……屈原曾经在那山上住过,那儿有屈原的灵气,如果你继续行善积德,或许数年后仙子自可复活……”

白马泪流满脸,频频点头应诺,老母亲说完也就断了气。

埋葬了母亲之后,白马变卖了所有家产,他带着钱财和装有仙子螺壳的水晶棺材来到了溆水河畔,就按母亲的嘱咐把水晶棺葬下,并在墓上修建寺庙,在寺庙上修建了7层坚固的佛塔,取名护邑塔。

从此,白马在寺庙里祭祀屈原、母亲和仙子三人,他日日夜夜为仙子祈祷，求上苍让田螺仙子早日复活，且还向所有来寺庙朝拜参观的人传播善和爱……

花开花落，花落花开，还不见仙子的踪影。白马仍然没有放弃，他拒绝一切美色的诱惑，在孤独和寂寞里始终为田螺仙子祈祷，终于感动了老天，仙子复活了。后来，白马就和田螺仙子一起在寺庙里行善积德。

有一天，农民起义军李自成被吴三桂追得东逃西躲，他来到了护邑塔边。可他一眼看见寺庙里的仙子，极像他爱慕着的绝世美女陈圆圆，于是他冲上前去喊“圆圆，我心爱的陈圆圆，圆圆啊，你让我找得好苦啊，原来你就在这里，快过来……”

田螺仙子没有理他，这时候，正好白马回来了。仙子赶紧跑过去抱住了白马，吓得直哆嗦。这时候闯王妒火怒烧，就朝着田螺仙子开了一枪，仙子挨了火枪却没有倒下，而是牵着白马的手突然向天空飞去……

闯王气急败坏，于是下令摧毁护邑塔。

有人说，田螺仙子夫妇飞往到美丽的天宫，做了神仙伴侣。

清道光年间，仲夏县令龙光甸集资重新修建了护邑塔和护邑庵，吸引了众多文人墨客前来凭吊屈原英灵，田螺仙子夫妇的绝世佳话被传了下来。

如今，美好的护邑塔又一次被重修，它将随着神话和佳话一起，在溆水河畔永远流传下去。

盘点，这一路的爱

1

记得，那个美丽的日子——四年前，湖南读书会，我遇见了您。从此，那芬芳的书香便缠绕成我永久的思忆。

记得，那个缤纷的春天。于千万年的孤独里，湖南读书会，我遇见了您。从此，那娇媚大气的芙蓉朵朵，便永远绽放在我的生命里。

世间所有是否真的冥冥注定，在红帆最迷茫的时候，是湖南读书会给了我前所未有的温暖。于是，感恩便从那一刻开始。于是，爱，便从那一刻永恒。

2

红帆第一次倾吐心声，那是 2013 年，写的一篇随笔《春暖花开时……》。当时并没有多想什么，甚至想过，可能会被退稿。因为，只是文字，更谈不上诗意。我每天都心意惴惴，没有底气。

后来的日子，在湖南读书会的网站里，我看到的却是另一番景象。我的文字被会长修改、润色，那精心的编辑以及鼓励的点评都让人欣慰无比。您是如此重视一篇简简单单的文字。红帆一次又一次想着，您是怎样的一个播撒爱心与文学的组织呢？您的天空里，飞翔着什么样的爱心天使？一次一次，把红帆推进了感动的旋涡，让人如醉如痴。

湖南读书会，您的创始人张立云会长不但文雅帅气，而且文采飞扬，爱心满满；还有一群爱心充盈的文化义工，都在日夜为爱好文学的作者们，为爱好读书的朋友们，为书画家们裁剪嫁衣；他们把湖南读书会的宗旨和美名传遍大江南北，把潇湘书香播撒在遥远山区的每一个角落……

3

在之后的几年里，全国各地的学生们那一篇篇嫩稚的文章在您的精心培育下，发表在您的《校园文学》栏目里——那是一个让老师、学生和家长都爱不释手的栏目！

湖南读书会，因为您的鼓励，许多学生更加努力学习而考上重点大学；因为您的呵护，一些曾经一度消沉迷茫的学子也重新站起……

湖南读书会，跟随着您的脚步，我也收获了许许多多：从您举办的一次次爱心活动与全国征文、朗诵比赛活动中，我感受到了“赠人玫瑰，手有余香”的幸福；从您每周策划举行的读书活动中，我品味墨香，感悟深深。从您推广的诸多成功人士与榜样人物的事迹里，我找到了奋发向上的动力。

湖南读书会，如今新的血液又汇入了您的体内，您的书香之花，必将盛开于神州大地。

湖南读书会，好想告诉您，我从未在世界的任何地方得到这么深的温暖与感动！

好想告诉您，为了您给我们的爱，我们愿意一直停留在您的身边，给更多的人带去更多的爱！

4

热闹的街头，繁华的城市，依然是不可救药地孤独。孤独的街灯，茫然的脚步,依然是习以为常的漠然。漠然的眼神,无限的心伤,依然是彻头彻尾的疼痛。

这些,是在遇见您之前。

贴心的文字,诚挚的言行,至真至诚的感动,是不可言喻的温暖。微凉的笔尖,荒芜的山区,却洋溢着暖暖的爱。

这些,是在遇见您之后。

您看,就是您的爱给了红帆和朋友们刻骨铭心的暖。

湖南读书会,我们就是这样被您潜移默化地感染着。泪水,渐渐被您的爱稀释;伤痕,渐渐被您的书香治愈;迷茫的心,跟着您的光亮找到了家的方向;弱势群体沐浴您的阳光,寻觅到了幸福的源泉。

于是,我现在要说:"我们的世界,我们的读书会,温暖如春。我们的生命,我们的读书会,明媚如花。"

5

湖南读书会,这点点滴滴,这丝丝缕缕,一次一次告诉红帆和文友们:是您的渊博接纳了他们的真心;是您的挚爱,温暖了红帆和读者以及所有的朋友们。

湖南读书会,这是一个可以放心的地方。我们把自己的心安在这里。不管以后风霜雨雪,我们始终与您不离不弃。亦如我们共同的温暖誓言:携手湖南读书会,相约到永远!

曾经有人说过,世界上没有任何东西能够永恒。如果它流动,它就干涸。如果它存在,它就会消失;如果它生长,它就会慢慢凋零。但我们可以铭记,我们始终不会忘记。

湖南读书会,我们对您,除了爱,还是爱……

一瓣梅红，祝福几许

随寒风摇曳含笑的，是一树一树红梅，它牵动了我沉睡已久的梦。

梦，很深，隔着几世的山水兼程，在这个寒冬里，凝成我掌心的一瓣暖暖阳光，升腾出刻骨铭心的暖和能量。

冬，就这么夹着寒风和雪花来了！梅却这么沐浴凛冽的寒风，更娇媚了。

恋梅该是一种情结吧，就和恋冬一样。我爱上了冬的圣洁，冬的深情凝重。

总是喜欢在寂静时，任由思绪满世界驰骋，仿佛将思维放牧在山水间，或一望无际的草原，在脑海里编织出一个又一个美丽的梦……

总喜欢一个人静静品味着窗外的红梅，在梅的世界里徜徉又徜徉。每每被在寒风中娇艳欲滴的红梅吸引，近距离去端详着这傲视风霜雪雨的花朵儿，它星星点点，笑迎寒风。

疏影横斜的枝头有我的沉醉。我就从梅的身上看到了飘逸的张力，波及我的每一根神经。清香味儿游走间，拂去了我连日来奔波忙乱的烦躁和疲惫。

我总要用一段婉约的语言来轻叹，这一枝冬梅须几许顽强，才能半卷冷雨绽放？

寒风造就了梅的傲骨，雪霜滋润了梅的娇媚，我轻轻吻这顽强的精灵，仿佛从中获取一种饱满而浓郁的气息，让它入我心肺，给我注入一些梅魂。

在这寒冷刻骨的冬日，我端一杯温热的茶汤，对望梅的世界，它是那样寂静的红，我是这样融融的暖。

我还特别喜欢如梅的女子，她们总会给人以阳光和向上的姿态，倔强而乐观。难道是因为梅？是因为梅的红给了她们奋发进取、无视艰难困苦的精神吗？

我也爱梅，我也望梅，我也想要有一双能抵御风霜雪雨的，雄鹰的翅膀，带着我在美好的蓝天翱翔……

这样的冬日，就这样静静地站立，站成一抹暖暖的阳光；只想浅闭双眸，任由漫山遍野的梅红在心底开成一片片温暖的海洋。

梅开了，我就摘取这一枝。

就用这一枝，在雪地里写下属于我的名字。

慢慢走，悄悄爱

岁月不居，时节如流。转眼，2020 已经与我们说了再见。

2020，是极不平凡的一年。这一年，我们一起经历了恐惧、不安、焦虑、煎熬与期盼，我们从最初的茫然失措，到慢慢变得平静和坦然，再到看到希望与曙光。

这一年，我还是一如既往地爱着大自然，爱着日月星辰与花花草草，爱着弱势群体。一路走过来，每一天，我都当作隆重节日来过。感受着每一朵花的灿烂、每一棵草的芬芳。同时我也感受着“赠人玫瑰，手有余香”的味道。

我的心，因自然变得更柔软。因柔软，生出更深的热爱。

我一天的好时光，是从阅读开始的。我常常读文学名著，读优美的散文诗，我喜欢把日子过成诗。我还利用散步的时候听文学讲座与美文朗诵，有时候还载歌载舞的，虽然青春不再，像那落花，可我快乐如少女。因为年轻少女的情怀一直缠绕着我。

每每我会把天光读亮，和早起的鸟儿一起迎接阳光，这是我每日的功课。

每天的写作，我也还在进行着。

我天资有限，但勤能补拙。我让自己久久处在一个写作的状态中，慢慢地，灵感也就来了。

每天让自己写一点儿，哪怕只有几行字，这是我对自己的要求。所幸这些年的坚持，写作已成为我的一种习惯，一种乐趣，一种生活方式。我总是左手诗意，右手烟火。自己的文字自己喜欢就够了，就是最大的幸福与快乐。

如果给人带来阳光与正能量，也是自己最大的心愿。

一年的匆匆足迹，都烙进了记忆画屏，密密匝匝的。我所走的每一步，都铿锵有力，这是我聊以宽慰的事情。

这一年，我一直与湖南读书会的志愿者们牵手公益，播撒正能量。一直鼓励签约小作家，并与签约作家一起书写了近千篇小文，大家同心同德，与新冠做斗争，祈福祖国，佑我同胞。

二月，我主编的文集《致敬，新时代我们身边的榜样人物》第一本已经出版发行，并收藏于全国1000家图书馆。

四月，我的散文诗《大通湖——最美的江南水乡》许多章节句子，用于《洞庭之心，大通湖》大型彩色画册做配文，并全国发行……

五月，我与湖南读书会爱心人士又去了美丽的山背，为花瑶乡间送书香，在湖南山背这云端上的星空云舍之中，我也曾仰望过满天星斗。

"五一"我还曾去了一趟"意大利漫游"。这是华谊兄弟位于长沙的电影小镇，使我们能在足不出湖南的情况下就感受意大利小镇的风貌。我们品尝了意大利特色的餐饮，还参观了手工艺品商店及传统手工作坊等具有意大利风情的铺店，最后还参加了与老长沙传统相关的活动，真可谓收获满满……

五月下旬，我参加由湖南诗歌学会、长沙市作家协会、岳麓区委宣传部、岳麓区文联主办的，岳麓区作协、潇湘阅读研究会（湖南读书会）、长沙保利集团等承办的《百名诗人咏岳麓》活动，活动在保利湖光庭隆重而热烈地举行，盛况空前……我的获奖诗歌《五月，摘取四月的香甜》有幸收录在全国发行的《百名诗人咏岳麓》一书中。

"六一"前夕，我与湖南读书会榜样人物向芳瑾、严美英、严家凯等人走进湘西山区湘维学校推广全民阅读活动，赠送图书数百册与学习用品。我们还带着书画家王诚老师从北京捐赠而来的励志书法，鼓励孩子们爱上读书，沐浴书香，快乐成长，让山区孩子们感受到爱的阳光，过了一个难忘的“六一”儿童节。

流火的七月，我们参观了田汉文化园——全国唯一一个完整展示田汉同志生平业绩与文学艺术成就的文化园，参观田汉的铜像广场、国歌广场、田汉艺术学院、田汉艺术中心、田汉生平事迹陈列、田汉故居。

我们在铜像广场瞻仰田汉铜像、在国歌广场合唱国歌，心情久久不能平静，田汉同志曲折坎坷的人生经历，和他对国家民族的热血赤城，对文学艺术的创新追求，令人震撼与感奋，让人敬佩与追寻。

七月我还去了湘西少数民族县——新晃，感受古朴的少数民族风情与祖国山区日新月异的变化。

八月，我进行了一场红色之旅——走进浏阳市中和镇苍坊村敏溪河畔胡耀邦故里，参观伟人故居，感受伟人的家国情怀。

九月，我走进“八年烽火起卢沟，一纸降书出芷江”的芷江受降纪念馆，缅怀先烈，铭记历史，勿忘国耻……

国庆节前夕，那满地秋的气息与芬芳，仿佛一地诗语绽放。我到松雅湖国家级湿地公园捡拾姹紫嫣红的落叶，做成书签，伴我徜徉书海；还与朋友们一起骑插着小国旗的脚踏车，一路吟唱着“我和我的祖国”，一路快乐飞奔，爱国情怀洋溢……

松雅湖上的水鸭游来游去，湖岸边的野花随风摇曳，绽放笑靥……书院里琳琅满目的书籍，墨香飞花，每一处都是一幅天然画卷。

硕果累累的十一月，让人倍感温馨与欣慰。

上旬，我受张大千嫡传弟子、巾帼画魂——中国女子书画院院长郭晶女士盛情邀请，长期签约担任中国女子书画院的文学总监，这成了我畅游文海的暖暖鞭子，催我奋进。

同时，我主编的第二本《致敬！新时代我们身边的榜样人物》一书出版，全国发行，并举办了与榜样人物以及读者的见面会。

本书送北京等全国各地 1000 家图书馆收藏，部分榜样书籍已陆续送往山区学校……这本书凝聚了湖南读书会文化志愿者数不尽的心血与艰辛，同时我也为书中的榜样人物与文化志愿者们喝彩……

上旬，我与湖南读书会志愿者去人民武装学校，赠送由湖南读书会自主研发出版的第二本《致敬，新时期我们身边的榜样人物》等书籍。期盼这些阳光励志的书籍能成为学校学生们的精神食粮……

上旬，我与湖南读书会文化志愿者走进湘西溆浦祖师殿中心小学，带着自己出版的文集与榜样人物书籍，以及巾帼画魂郭晶老师从北京快递而来的励志书法，进行助学捐赠活动。我们全力推广全民阅读，并现场指导朗诵，深受该校全体师生的喜爱。

中旬，我走进长沙世界之窗，感受世界建筑奇观，各国风情，收获满满。

这一年，我写了许多篇比以往有深度，而且很温暖的文字，新冠疫情期间，我写了许多篇祈福祖国的作品，其中《捡拾幸福》等文章，被制作成音频，深受大家的喜爱。业余时间我一直投身于湖南读书会的公益事业，与张立云会长一起策划的《中小学生获奖作品》即将出版。

这一年，我们策划举办四场全国征文比赛，发现了许多文学新人，培育了一批签约小作家，联系了爱心企业家朱金峰先生资助湖南读书会四个品学兼优的留守、家境贫寒的小作家完成学业。

这一年，我一直投身于“书送爱心，让阅读圆梦”活动之中。我把自己出版的《陌上阳光》《心香一瓣》《画魂》作品集数百册送往湘西山区学校与长沙市图书馆以及人民武装学校图书馆收藏，推广全民阅读。

这一年，我收获到太多的热爱和不舍，我很感动，亦很感激。

祝福我们，让自己成为一个明亮的人。

新的一年里，愿我们身上有光，心中有暖，依旧能不竭地付出芬芳。

冬来了，春天不远

冬天来了，你也悄悄地来了，春天就不会远了。雪花知道，你知道，我也知道。春天在你的眼眸。你却烙在我的心海。

冬，来了。冬来了，春天还会远吗？

你的日子会鲜亮起来，我的心也会明媚起来。寒风瘦了，梅花笑了，校园里那一棵棵小树更挺拔了。

我坐在冬的深处，仿佛看见你穿着素雅的校服，露出天真阳光的笑靥，进驻春的枝头，聆听春的心音，听见你与阳光呢喃，与善良亲吻，与花儿私语，与正能量牵手。你总是用心细数着那一缕一缕芬芳和蓬勃的绿，一抹一抹……绽满了我们梦想的山坡。用你的青春写诗，字字春意盎然；采摘一支你的微笑高歌，处处都是你花季芬芳的味道。

红梅如你一样灿烂沁人。我采摘一抹梅的妩媚，写一首最长的诗篇，每一行都是你的名字。你的名字是我写不厌的阳光，你是我永远也翻不过的那页柔软。我只想用善良研墨，用阳光写诗，用爱的色彩涂抹你的天空。

冬，来了。冬来了，春天就不会远了！

时光因多了一份爱和期待而芬芳美丽；那一片一片绿荫如盖，那遍地的姹紫嫣红，那一缕一缕的芬芳，那傲雪娇媚的红梅，那圣洁飘逸的雪花，都蘸着你的气息、你的味道、你的身影、你的芳香和我们的梦。

冬来了，你来了，春天就不远了！我的思绪在跳跃。期盼在春天，可以牵着你那双嫩嫩的小手一直往前走，永不松开。期盼在春天，我们用心互相依靠，互相取暖，馨香流年；期盼在春天，能有一份爱，绽放成一场美丽的春暖花开。

拈一笺花语,对春吟

春天来了！伴着三月里蒙蒙的细雨,伴着清脆的铃声和学子们欢快的读书声,来了！这柔情织就的雨帘和青春谱写的天籁,亲吻着祥和而美丽的溆浦一中。

五四广场,假山流水旁,樱花树下,林荫道上,塑胶跑道上,三三两两的学子们,时而呢喃、时而奔跑;芳草园里,书声琅琅,紫蝶翩跹……这一切的一切,将柔和的春意挤得沸腾;一中人把希冀写在喜悦的脸上,透过清晰的雨滴和拔节的芬芳,眼眸中闪动着幸福和希望的光芒。

一中的春天来了啊！小草绿了,铺就一幅又一幅绿地毯;樱花开了,山茶花媚了,桃花笑了,梨花白了,迎春花吐蕊了……美丽的花语在四处流淌。

春风微微拂面,如烟的湖面,汕板挑起悦耳的水声,将涟漪慢慢散开,师生一俯一仰一摇曳,如诗如画。教室里日日夜夜奋笔疾书的背影,办公室里通宵达旦的灯光, 运动场上激情的呐喊声和拼搏奔跑的英姿……也演绎着一场又一场春华秋实。

在柔美的春天里,真情花,吉祥花,汗水花,青春花,烂漫春花……编织着一中美丽的春天。遍地花语烙在三月的扉页,烙在一中人新鲜的晨昏里。

拈一笺花语,对春吟;掬一瓣花语,去染红秋的情怀,捡拾一地花语,涂抹一中灿烂美好的明天。

拈一笺花语 对春吟
辛丑春 郝品画

陌上阳光

一直都在期盼能邂逅一场陌上花开，馨香流年；一直都在渴望能掬一捧捧陌上阳光，温暖宽阔岁月之中的水瘦山寒。那一日，陌上花开，一朵、两朵、三朵……无数粉红的花儿，绽放在与我相望的山坡，千朵万朵在阳光中织成闪亮的锦缎。

我在与一朵花深情对视，要把那似火的红，蓬勃的绿，沁人的香，反复复制粘贴，入梦入心。等在我孤寂跋涉的时候，长久地将我陪伴，芬芳我一路洒下的汗珠……

我要留一朵永不凋零的花在心田，它再也不必畏惧风霜雪雨，在往后流转的岁月里，花颜便可长伴随我的笑颜，我还想请它帮我把文字插上翅膀，我们一起穿过江南，走过塞北，在岁月的平平仄仄中去丰盈自己。

一捧，两捧，三捧……无数捧也掬不尽的暖暖阳光，照耀在我的心灵牧场，它悄没声儿地勾勒出生活里的千般美好，万般滋味。我便也收一捧阳光于怀，让它将我心田的花朵温养。有了它们，我便可以满心里都是春光融融，山青水暖。即使一个人的时光，我也能恪守美好与温暖。

若使我还能收更多一点儿，我还要收一个懂我的人，可陪我看万家烟火，陪我轻裘宝马或者粗茶淡饭，所有一起牵手的幸福，足可以抵御雨雪风霜。即使一无所有，我们还有一朵花，一捧阳光，我们就一起坐在老藤椅上，慢慢欣赏。

每一日，陌上花开，心里花开。每一日，陌上阳光，掌上阳光。

每一缕春风里，都有桃红柳绿的芬芳

春风柔美。每一缕里，都散发出浓郁的馨香，都有桃红柳绿的芬芳。

春风吹绿了万物，吹开了各种娇媚的花，红的，白的，蓝的，五颜六色的。我坐在春的深处，看蓝天上五颜六色的风筝在春风的吹拂下，尽情地飘扬。看蓝天下的花裙子在一夜间悄然绽放，随春风摇曳。

站在春的枝头，我浮想联翩。任凭春风拂去往日的急躁与焦虑，让淡定与从容填满心海。让自己的情绪有个缓冲，给自己的心情放个假，给生命化个妆。这样的时刻，感觉也是一种幸福呢。

我时刻在问我自己，这个春天里都做了什么？这些春暖花开的日子，我都做了些什么？

我一直与湖南读书会的志愿者们在准备“谢晓钢杯”颁奖典礼，颁奖典礼在张会长以及大家的共同努力下圆满成功，深受领导与选手们的赞赏。

我还花费一些时间邮寄没来参加颁奖典礼的获奖选手的奖品与证书，我分类打包，邮寄，并落实他们是否收到。我每天认真编审《小作家微刊》的小作者投稿，并负责推广宣传。孩子们与家长满意的笑靥，也如春风绵绵，拂过我的心海。

我还与张会长等人一起忙于校对湖南读书会即将出版的新书——《致敬！新时代我们应该记住的榜样人物》，预计六月初将出版发行，这本阳光正能量的新书是一缕春风，将会吹拂许多干枯的心田。

好久没有时间写自己心爱的文字了,因为业余时间忙于公益活动。好在我原来写了五本书,因而我的公众号里没有断稿。

我想起我资助的那个大山深处的学生，那个奋发努力、品学兼优的孩子,终于考取了县城重点中学,今年下半年她应该就要上高中了。曾经,我坐在她的教室里,和她一起听课;曾经,我站在她朗诵比赛的台下,为她鼓掌,看她拿着第一名的获奖证书与奖品笑脸如春风吹开的花朵……

春天总是一场花事接着一场。我们应该在春风里徜徉,驰骋,应该把平淡的日子过成诗。

台湾岛，中国的掌中宝

小时候看地图，我就觉得中国的版图就像一只鸡妈妈，因为它的肚皮下有两个“蛋”，一个是台湾岛，一个是海南岛。特别是去过海南岛之后，我对台湾岛的向往就更深了。直到真的圆梦。

台湾岛，现在我是真的来了，我能真真切切地将您抚摸，圆了我眺望和思念的梦。我来了，也要将很多很多人的眺望和思念悄悄对你诉说。

可能因为你面向着太平洋，就像一家的大孩子总要承担更多的风险和责任，几百年以来，你就承受过比海南岛更多的磨难。十七世纪初，你曾被西班牙和荷兰强占，十多万民众誓死不屈地斗争，又有郑成功勇驱外敌，祖孙三代坚守台湾，那是一段艰苦与激扬的岁月，但中华儿女同心同德，终于赶走了侵略者，保住了疆土。

时隔二百多年，清末的《马关条约》之耻，又将你暴露在日寇的铁蹄下经受五十年蹂躏，但不屈不挠的台湾军民也曾组织一百多次战斗抵抗欺凌，还被日寇屠杀了六十五万军民。那是中华儿女流血流泪的悲歌啊，国弱了要被欺凌，我们必须要强大，也必须得团结。

中华民族的屈辱史太多了，但从此以后再也不会重来。以后，谁也不可能再将你剥离，祖国母亲不答应，所有的中华儿女也不会答应。我们的宝岛，你比海南岛受过更多的欺凌和战火，曾经伤痕累累，也留下过更多的迷人传说。

我来了，比起游览海南岛，心里有更多的痛和难过，我想要好好地亲近你。

我必须要摸一摸这片土地，摸一摸这里的房子和树木，就像摸一摸我家孩子的脸。

果然是中华宝地,这儿还是一样的海岛风光,一样善良热情的国民,一样的汉家文化,一样的美食烹调,一样的中文发音,你依旧还是我爱的样子和味道。

我笑了,心里踏实,因为我终于来了。

我登上了101层的摩天大楼去俯瞰你,我到台北中山纪念馆和中正纪念堂去看你,我走在大街上去遇见你,我还瞻仰了孙中山先生的雕塑。

孙先生病逝于北京,葬于南京的中山陵——我也去南京的孙先生墓前致敬过,为了他曾带领无数革命者,为了中华民族的振兴和统一而不懈战斗,也为了那些年纪轻轻就为国牺牲的革命烈士们。

到了台湾,我就记起了曾经特别爱唱的《阿里山的姑娘》,现在我更要去看一看阿里山。可是,歌曲里那么美好的阿里山,怎么会如此满身的伤痕?

我到此时才知道,甲午战争后,日寇不只是屠杀六十多万台湾军民,还从阿里山砍走了三十万株千年桧木,给阿里山留下了永世的伤疤和耻辱见证。日本建造皇宫和神社都是用阿里山的木料制成啊。现在看看,亲眼看看,这每一个树桩都在证明着,这儿曾有一棵棵数人围抱不过来的桧树,它们就那样被人劫掠了。真是让人看一眼都眼中泣血。

我们的祖国终于强大,再也不允许任何侵略者再觊觎我们的疆土。

——来了,我当然还得去看看小学时就背过的课文《日月潭》。

我顺着台湾地区唯一的淡水湖散了散步,感受一下台湾百姓唯一能依赖的水源日月潭。日月潭风景极美,那清澈的微波倒映着蓝天白云,洁白的环岛游船如此宁静,这让我再次为国家的强大与和平而庆幸,于是,我便慢慢在这四围山色中缓过来,接受日月潭给我的治愈,治愈我这一路行来的痛楚。

台湾真美啊。我迈步在太平洋的东海岸,凝眸西子湾里渔灯闪烁,那沁人心脾的海天一色哦,沉淀在传奇般的澎湖列岛和黄金爱河中。

宝岛啊,我来了,我还想再来,京台高速何时可以通车呢,一路过海,天堑有通途,那是多么惬意啊。

台湾岛,你和海南岛一样,永远是咱中国最美最珍贵的掌中宝。

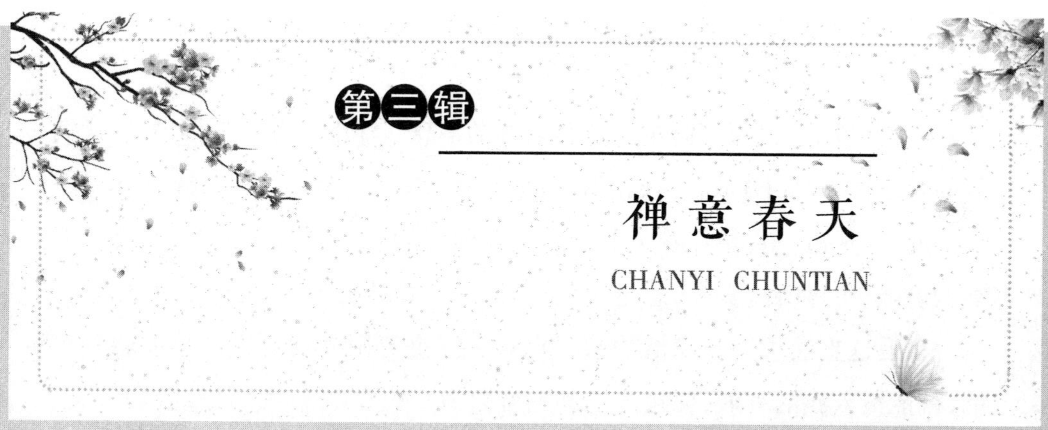
第三辑
禅意春天
CHANYI CHUNTIAN

花月正春风

冬去春又回,渐柔渐暖的风已捎来春的消息。江南的春天来得早,姹紫嫣红的烂漫春花竞相开放,一枝花信,便是一个念想。一朵花蕾,绽放一个春天。

近日,耳边一直循环着金曲歌后那英演唱的《春暖花开》,喜欢那英那清亮的歌喉,每每听这支歌,总是会久久沉醉于“春暖花开”的美好氛围里。

喜爱这支歌柔美与深情款款,喜欢它摇曳着阳光的音符,只要轻轻一触,就能滑入我的耳鼓,似沁人心脾的春之海……

喜欢它优美的旋律,和歌词营造出的意境,那是一幅温情满满的水墨丹青,又似梦中的桃花源……

听着喜爱的《春暖花开》,走进春天,走进春暖花开,真是心旷神怡,惬意无比。

晚上接到瑾的电话,说她准备出版第二本散文集,说她已经收集到许多阳光的正能量的书籍,准备等到四月下旬又与我一起去山区参加捐赠活动,电话那头的柔软欢笑声,宛如春天里最动听的音律。

如果你渴求一滴水,我愿意倾其一片海/如果你要摘一片枫叶,我给你整个枫林和云彩/如果你要一个微笑,我敞开火热的胸怀/如果你需要有人同行,我陪你走到未来/春暖花开……

那英的《春暖花开》继续绽放,那是一曲最美的天籁。

今天,又收到书画家郭晶老师的邮件,她是著名画家张大千的嫡传弟子。收到的邮件是她赞助给湖南读书会征文比赛等项目的书画作品，好大一包，且千里迢迢从北国快递而来。这些栩栩如生的书画作品蕴藏着郭晶老师数不尽的心血与满满的关爱，一如这春暖花开，让人感觉温馨无比。

郭晶老师是湖南读书会的榜样嘉宾，去年春天我曾对她进行过深入采访。她温文尔雅、美丽大气，甜甜的声音仿佛春天里柔美的呢喃，且她还是那种一说话就会漾起笑窝窝的北国女子。

郭晶老师又称“千水冰晶”，她出生于东北沈阳，现居于北京，2004年拜国画大师杨铭仪为师，成为艺术大师张大千再传弟子。她主攻写意花鸟，曾荣获国礼书画家荣誉称号，现为中国女子书画院院长和中国国画家协会理事，还身兼中央新影制作中心策划编导、中央数字电视台《经济与法律》栏目导演等多职。

我很喜欢郭晶老师，喜欢她的阳光和高雅，且为人低调。她是赫赫有名的书画家，还是慈善家与文学家，我读过她的作品，称得上是文笔优美，真是不可多得的魅力女子！因而我邀请郭晶老师为我的新书作序，便是她从百忙之中为我的作品集《春天的微笑》写序，又为书里的部分作品做了插图，令我倍感荣幸和喜悦。

有人说，她在，春天就在！

她在，神州大地处处春暖花开。

这些话，于她，实至名归。

郭晶老师还有一个最美的心愿：唯愿执一支瘦笔，拥一怀美好与慈悲，收藏起春天的一风一雨，一花一草，一颦一笑，一嗔一叹与千万缕芬芳，涂抹最美的华夏大地。

如今，百花齐放，万紫千红又一春。

那英的《春暖花开》又在我的耳边响起：如果你要一个微笑/我敞开火热的胸怀/如果你需要有人同行/我陪你走到未来/春暖花开，这是我的世界……

那英的《春暖花开》，也是郭晶老师的最美心语，她唱醒了姹紫嫣红，也唱暖了春天的心事。

人间四月天，花月正春风。

禅是一枝花

于春的深处，看春色欲滴，闻芳香四溢，扬眉于时光给了我们阳光的笑颜。让冷暖随风去，得失逐水流，让自己的心灵牧场也绽放出春花如海。

这样的时刻，一首歌便在眼前，一朵花就开在心间。捡拾花语，打包幸福，让快乐盛满自己的行囊，微笑前行。

于春日的枝头折一抹嫣然，于云水禅心里聆听花开的声音，安然地活在当下，简单而不平庸地生活。

用平常心承载幸福：一湾清澈，一曲梵音，一卷书韵，一盏茶事，都是倾心的幸福。将万千纷杂删繁就简，听风，读雨，观海，赏芳菲；笑望千帆来去，淡看兰舟催发。

春光潋滟，思绪清风，心上流年，展一纸素念，画一幅美好。怀揣禅心，播种善良，一指清风，浅吟低唱，馨香流年。万物皆是禅，禅是灯，是路；禅是天，是地；禅是爱，禅是美；禅是四季；禅是一枝花，一枝开在心深处让人沉醉的花；禅是你和我……让我们花舞成诗，花吟成歌，装扮自己，装扮身边的世界。

这个春天，我只想种一朵禅意的花，在心中。期盼这朵花能够在心中静静绽放，沉淀心中所有的欲望与骄躁，安然而宁静，在心底永远芬芳。这个春天，只想温一盏茶，千抹绿，一截光阴，邮寄给远在天涯或近在咫尺的你，馨暖流年。

在春的深处，我手捻珠链，印上晶莹的虔诚，悄悄地种下一朵花，一朵禅意的花，在心中。期盼能带给你、我、他以四季如春的美。

最美人间四月天

——题书画家郭晶老师牡丹图

是谁，用手中的画笔描绘四月天？留下春暖花开，让倾城芬芳移入八尺风韵？

是谁，袭一笔花香，把红尘最美的画引入眼眸，千万缕芬芳与数千万个赞叹汇集，结出八尺风华绝代的姿容。这是四季如春的王国，没有时序更替。

寻春，于红尘之外，在您潇洒的墨香里，一个季节已跳上枝头，娇媚欲滴。幽香缕缕，紫蝶翩跹，似有清风浮动，更有虚实情趣，让人沉醉。

这是长在唐宫的娇花，是王子心尖上的最爱，被精心培育出独步天下的雍容，羞煞三千后宫佳丽。

婉约成一轮春月，辞去琼楼玉宇的繁华，持守一身神圣和高贵，用倾城的香郁，盛放出眼帘上日渐萎落的希望。

谁用妙笔画出美丽的盛放，把他骨子里的慵懒种入纸里河山，让数层冰绡蕴藉的天香，招徕三十里蜂飞蝶舞。

谁笔尖上绽放的国色，赋华夏文章多了一篇惊艳；谁用情怀的阳光，赠人间四季美满，一墙不老的富贵，盈室芬芳。

“唯有牡丹真国色，花开时节动京城。”

就折下一枝您笔下的情谊，把一杯祝福寄给千里之外，把整个春天寄给神州的万里河山。

花都开好了

打几个哈欠，春风就悄悄地进驻了心扉。

春的深处，百灵舞动，清风已把春天的柳哨吹响，漫山遍野的花挤破层层叠叠的绿色，轰轰烈烈地给大地铺遍姹紫嫣红。

掬几串鸟鸣，春潮就在神州大地不停地翻滚，在春的枝头笑着，夹杂着花香雨浓。

蓝天下的花裙子，仿佛也是在一夜间绽放笑脸。

花都开好了，等你来。等你来一起拈花成诗，书写不倦的祝福锦笺。

采撷一抹最美的春光，别在小孩子们的长衫上，将他们心中的梦串起，编织出五彩的童年。

花都开好了，等你来。等你一起执手春天，看风，品茶，赏芳菲……

与光阴微笑

端午节，天气炎热，空气清香。

我早早给家人做好了一桌子饭菜，尽管大汗淋漓，但看到家人吃得开心满足的样子，感受到了其乐融融，心中也无比惬意。

下午在小区徜徉，映入眼眸是横幅上的高考祝福：祝小区里所有高考学子取得好成绩！顿时心里暖暖的，这是家的味道，一个小区也是一个家啊。

刹那间，千千万万人的虔诚祝福洒向全国各地高考的学子们，祈愿他们“成一片丰收的海……”

带着对莘莘学子的美好祝福，我继续在小区漫步，与绿荫如盖的树木微笑，与绿油油的小草和鸟儿呢喃，与一串串妩媚娇艳的石榴花亲吻，与小伙伴们在小区游乐场的秋千上尽情荡漾。

我不时用手机拍下一个又一个幸福快乐的瞬间，再用拼图软件把照片拼接起来，我就这样把幸福快乐都拼接在一起，仿佛在绘一幅巨大的水墨丹青。

小区之外也都是满眼的绿意与芬芳，鸟鸣婉转，嫩荷初开。我走走停停，闻闻夏花的灿烂芬芳，侧耳倾听愉悦的鸟鸣声，一曲清音，分外动听。

好美的时光！

只要我们愿意，每一刻，每一处，都是最美的时光。

读一首小诗，听一支小曲，画一幅小画；在陌上坐拥流年，看满径花草轻轻摇曳，把打开的书卷放在阡陌小径上，让阳光暖暖地照着，照着我们微笑的脸……

只要我们喜欢，与光阴言欢，幸福快乐无处不在。

它就在我们的一屋一饭一茶里，一草一木一水中，正所谓“一花一世界，一叶一菩提”，只要我们有心，只要我们珍惜，爱大自然，爱艺术，爱家人与朋友，也爱我们自己。这样，我们就能遇见一个更快乐的自己。

与光阴言欢，做更好的自己。

花开相呼圖
庚子年 郭晶

汉字王国里的春天

公鸡嘹亮的金嗓子高亢悠扬，把五颜六色的春天邀到了汉字王国。

汉字王国的宫殿里住着六位小天使，他们的名字叫横横、竖竖、撇撇、捺捺、点点、弯弯，他们是这座宫殿里的主人。每天都是边载歌载舞，边忙着将方块字打扮得漂漂亮亮，并且将这些漂亮的方块字推广给小朋友们。

小天使横横一边追着洁白梨花的芳香，一边检查绿茸茸疯长的小草，用自己的身姿在大地上书写“绿的海洋”。陌上的牛羊啃着绿油油的青草，它们尖利的牙齿像榨汁机，春天鲜嫩的汁液遍地流淌，流淌成最美的“生命之泉”。

竖竖小天使一边亲吻粉红的桃花，一边在草坡上点评着少女们穿着的花裙子。漂亮的花姐姐绽放着灿烂的笑脸，在和小蜜蜂打招呼：“你们好，我的花粉可多了，你们尽管采啊！”竖竖看成群结队的花蝴蝶与勤劳的蜜蜂在花丛中酿造着甜美的芬芳，她心花怒放地想教会一只紫蝶书写“鲜花成海”。

小天使撇撇、捺捺、点点和弯弯正一边沉醉在汉字王国的芬芳里，一边环顾四周，看见红红小朋友牵着妈妈的手朝他们走来，她要请汉字王国的小天使们检查自己的学业。

汉字宫殿在一片红玫瑰花海里若隐若现，在一方古老的时光里若隐若现。一条一条带子似的公路缠绕着，一朵一朵红玫瑰花从春天的媚眼里飘出来，醉了山，醉了水，醉了世界。

红红看到了汉字王国里的春天这么美，开心地拍手叫好，于是她坐下来,认真地学习写——“最美的中国”。

汉字王国的小天使们分别检查了红红交来的作业本,看到每一个笔画都那么干净,周正,写出来的字非常漂亮,他们都竖起大拇指称赞红红小朋友好棒!

颖颖小朋友知道红红得到了表扬,她也想请小天使们到她的作业之家做客。

红红告诉她:“小天使们特别爱干净，他们只喜欢检查干干净净整整齐齐的作业。”

从这一天开始,红红小朋友就帮着颖颖小朋友把作业写得更加漂亮,她们开开心心地互相帮助,共同进步。颖颖每天都很认真地写每一个字,让自己的作业之家保持干净整齐,没有一点脏东西,而且答案准确无误。

汉字小天使们果然邀请颖颖小朋友到汉字之家做客了。

颖颖小朋友的汉字写得真棒,同样得到了小天使们的夸赞。于是,在小天使横横、竖竖、撇撇、捺捺、点点和弯弯的督促帮助下,红红与颖颖学习越来越好,汉字也越写越漂亮。

洁白的云泊在江水里,温暖的阳光洒在池塘里,青蛙们在池塘的荷叶上打坐,鱼儿们在池塘里慢悠悠地游来游去,追逐阳光。汉字王国里的小天使们在广场上,看着许许多多小朋友们在参加书法比赛。楷书、行书、隶书、草书,每一个小朋友们的字都写得那么漂亮,大家写完了自己的作品,就相互欣赏和学习,每个小朋友们的脸上都绽放着喜悦和骄傲,那是在为汉字们无限的美而自豪呢。

(红帆　雪儿)

禅意春天

十二度啄木时光，二十四栏雕花的清月，一生为生命缝制霞衣，您拈一线心上的流水与芬芳而来，水声海蓝，那么静，花草江山，一根银针、两个指头为金戈，您坐拥三千禅意绵绵、生命之春的国度。

不说，非寂，您只神州耕云种露；不说，非空，您只他国掬风洗月；不说，非勤，您只同一片蓝天下种明媚播芬芳。是您，让芸芸众生感受到七八钱清风里的一怀炽情，两分流水，三分尘。是您提着一篮子一篮子春天，往来蝶飞，花飞，青山飞，海水飞之间。

是您，用花草的藤，禅意的蔓，缠绕苍生生命的蓝天；是您，生命之春的国度，牵引着我们深陷、沉醉，我们就是那打马持箫、衣袂飘飘、捡拾您神草神韵里遍地白银月光的明代李时珍弟子。无关崇敬，也无关迷于神医呼唤，您只需知道，在您布置生命之春的月光天堂，销不销魂。

读您的神草，能读到一江春水与春风得意，那落花、那鲜花成海；读您的禅意，能读到悠然南山，那淡泊、那神韵。今夕，就让我们拿您的神草与禅意去换浪漫星空，换宇宙飞船，造蓬勃的生命之春……一边搂月拈花，一边随波流向四大洋去。

千度的阑珊，万缕的芬芳，您的如虹之神草，让人梦里梦外禅意与春天萦绕。睡着醒来，都是醉；千度的红尘，万串的王冠尊荣，您的神奇妙方，让人梦来，也是美。就这样，静静地欣赏您的神草与妙方里那万水千山，那鸟语花香、那蓬勃生机、那清风明月——如春如钩。

钓一碟生命小令的雅韵，钓一涧水声的清莹，钓一袭楼阁的圆缺，钓一座长亭的残梦，钓红尘流水为琴弦，钓一池藕白藏于心，也钓一片您用心血喂养的禅意春天。

千年月色下

“人生如月，一樽还酹江月。”

春色又一度娇俏尘世的容颜。千山披绿，万枝滴翠，旧燕凌空挥笔，画百道柳拂春波的柔媚。

夜晚，月光柔柔，自树梢倾泻而下，万物沉醉在一片祥和与安静中，一切都如披着轻纱般，泛着梦幻般的浅蓝。

多少次关窗推月，把溶溶的月色留给院外，把繁华留给众生，独守文苑一隅贫瘠的土壤，写一程心情的疏枝淡叶，虽没有墙外纷繁的瓜果飘香，却也浓淡相宜。

闲来，枕一扇西风凛冽，在菊花把美丽尽情盛开的季节，倾一杯夜色的浓厚，独自穿行在文字江湖，不上峰巅弹剑，不入藩篱摘花，三杯两盏清茶，浇灌心底的孤寂和期盼。

怀揣一颗少女心的烂漫情怀，采摘一瓣春兰的香郁，夏荷的纯净，秋菊的雍容，冬梅的冰洁，用人间的娇美，擦亮岁月蒙尘的明眸；让香郁抚平日子的褶皱。让心，持守四季永恒的纯真。

不想让一身冰洁在世俗蒙尘，不想让如诗的韶华在流年的冷漠中枯萎，只想泛一叶扁舟，涉过万丈红尘的风波诡谲，泊舟彼岸，醉一程与世无争的从容。

也曾对着千年月色悄悄倾诉：期盼能掬白泉当酒，借巉岩作凳，苍松为亭，摘一山花与鸟语入怀，让每一个梦里都枕上繁星朗月的晴好。

“明月几时有，把酒问青天”“举杯邀明月，对影成三人”，我喜欢这样的豪迈与不羁、欢乐与自在。

喜欢把一颗诗心寄情于山水，用五千年风化的文字镶嵌曲涧流水，深林鸣幽的美感无须刻意雕琢风骨，自然风韵十分。

喜欢让文心晶莹扉页，把一腔情感系于指端，写一段春天委婉的花事，去温热千万双冰冷的瞳孔，让名字站成众生心中永远的风景。只想铺开心的素纸，写下一千年的风月，不写泪水的苦涩，不写承诺的虚妄，也不写烟花流星的灿烂。

“从今若许闲乘月，拄杖无时夜叩门。”

在陆游志趣盎然的这轮明月之下，华夏大地，一步步走向了世界文化的辉煌——

在这千年月色下，“千古圣人”孔子誉满全球；司马相如与卓文君牵手白头，创作闻名遐迩的《凤求凰》；曹雪芹创作了巨著《红楼梦》。

也是在这千年月色下，“国家脊梁”钟南山与国人一起顽强拼搏，取得了举世瞩目的抗疫成果……

期盼自己在这千年月色下，能悠闲地放一叶红帆，张扬一腔至真至纯的赤诚，驶过流年的风雨，犁破人海狂波浊浪的魔障，往返于桃源与现实之间，寄情山水，收获红尘里一亩或远或近的真情。

挤出来的春色

“肃肃花絮晚，菲菲红素轻。”

盈眼是一抹一抹的绿，沁人心脾是花草的芬芳。沉甸甸的春色被阳光载着，揉进了一段青鸟的呢喃里。欢快清澈的溪水淌进了农人憨厚的歌声中，那大地上翻飞的犁铧，忙得头也不抬。也有人在桃花树下相依，缠绕着春天浪漫的童话。

春天来了啊，孩童们凝眸蓝天，看见大雁振翅，正掠过一首长诗。

一片，两片，三片……无数片白云长出了翅膀，从春的深处飞出来，想要奔赴雁去的方向。

五颜六色的风筝也在蓝天上悠闲地飘着，一只，两只……千万只，它们放飞梦想和快乐，在这乡野之上。侧耳仔细聆听，可以听见乡野之中还有竹笋在春天里拔节的声音。

春风挤着，春雨挤着，浪花挤着，山坡上的无名小花绿草挤着，池塘里的小蝌蚪也挤着。挤出来的春色，沁人。

捡拾春花片片，采摘一瓣一瓣玫瑰，纺一曲红尘恋歌。鱼在水里嬉游，欢乐融融。春天，人间便是伊利园的模样。

田野里，山坡上，花园里，小溪边，边防哨所……小草与树木站成一眼碧绿，花朵遍地的芬芳，丰盈了春的内涵。

心无旁骛。彩云熬成了春姑娘水灵的眼神，妩媚羞涩。简洁明快的生活，凝香，做着待嫁新娘的梦，她从一张诗笺里坐起来，坐成了一朵花的模样，蓬勃而激昂。

斜风细雨，荡漾一汪春水，梨白杏红，醉了你我的眼眸。草地的裙衫渐行渐绿，含苞的花蕾润滑欲滴，沉睡的冰河一片哗然，收敛的羽翅扑棱待飞……

这些春的音符，一起挤进了春的扉页，如梦。

春的深处，拷贝着华夏儿女挤来挤去的好日子，如跳跃着春天的思绪，流光溢彩。

悬壶济世
辛丑春 郭晶画

每一朵花，都会开成幸福的眸

那日，您用宋词里一阕“云母屏开，珍珠帘闭，防风吹散沉香。离情抑郁，金缕织流黄”来寄托对故乡的眷恋之情。您赠予芸芸众生五百里姹紫嫣红的鲜花，数万温暖的棉朵，让他们绽放在生命的春天。

那月，您用炽情与心血打造花草江山，绽放禅花朵朵。走过渴求生命的指尖，让阳光浸润他们的身心。西窗，一碟月光如水流泻，柔美而沁人。

那月，您纵马长啸，痛饮狂诵中医诗词三千首。

那月，见过您神草下绽放了许多嫣然的，淡红的，芬芳的，幸福的笑靥。

时光煮字，您用银针做笔，您的笔下，有神农与药王醒来的身影。您说，中医哲学，是温暖的字眼，是中华文明源远流长的象征。

那年，您用青丝做药，以心煨之，疗万物生灵之伤口；您用执着把四季都写成了春天。春天的每一朵花里，都开成了您禅意深深的眼；每一滴阳光雨露里，都凝着您期盼的双眸。

您轻轻、暖暖地说了一句：没事，有希望治愈。那一刻，生命之花，遍地盛开，成一望无际的花海；是您，让无数对生命绝望的人，在辽阔的孤寂里，有了展望，让他们重新赢回生命之春。

这一刻，福满天涯，微风呢喃，将一轮月，挂在窗前。于是遍地清辉，像为您铺上了满地梨花，满山遍地的萤火，都在为您飞舞……

这一刻，您手中的每一棵药草，都绽开了幸福的眸，在花海深处，将您织入生命之春延伸的掌纹里，伴着每一季的芬芳孕育成葱绿的希望。

如若，相遇

如若，相遇，于花开时节，轻移步履在花影丛中，牡丹树下，许你梦中的温柔，给一个最美的相拥，拂去你我执手时的风雨。

如若，相遇，执手漫步在花影重叠的小径，月光树下拈花而娇，贴一抹微笑，浅浅地映在我为你流淌的心泉，然后于脉脉眸光中，时光透明，笙箫情暖。

如若，相遇，捧一团花瓣含香，与你相伴，做一回幸福快乐的人。

如若，相遇，不会让爱在寂寞里流浪，在绝望中中断呼吸。我会深拥着你，把天涯海角看遍。让每一串足迹，每一道皱纹，都醉成爱的花语，缠绵在岁月的窗棂。

如若，相遇，我愿倾尽骨子里所有温柔与阳光，读你眉宇间的忧伤，赶走你灵魂深处的苍凉。

如若，相遇，大地为纸，时光做笔，画一幅最美的今生，与你。

尘世里的最美遇见

山背脚下,一个小村庄里。一位满头霜发的老太太坐在一栋小木屋外,用毛线在编织袜子,毛线在她手中舞蹈着,身边还摆放着已经编织好的三只蓝色袜子,老人一脸灿烂的微笑。

她脚跟边蜷着一只黑白相间的, 名字叫欢欢的小狗, 老太太一边编织着,一边不时地朝着屋外看看,孙子是否快要放学了? 她在帮南下打工的儿子媳妇照看他们最小的孙子,到给娃娃做晚饭的时候了,她微笑起身……

她满脸皱纹微笑慈祥的脸,如她屋前院子里一树桂花,清香四溢。这是我去星空云舍山背旅途之中,无意间掠入眼中的画面,在我的心中投入异样的温暖,这幅温情的画面时刻给我无限的能量与温度。

高铁站,一位近四十岁的漂亮女子拉着拖箱,风尘仆仆、满脸憔悴地又回到娘家,只为能多照顾那身患癌症,已经时日不多的母亲。为了此行,她通宵达旦地完成了手中的工作。

她攒的所有钱都用到母亲的治疗之中,还是没有治好母亲的绝症。泪在她心里流! 她佯装笑脸满足母亲的所有要求,为母亲接屎接尿、按摩洗澡、说柔言蜜语哄母亲开心、做好吃的……这让人感动的场景,我总在茶余饭后想起,这位当代孝女。

地铁口,一对刚退休的夫妇也在上班潮里。

女的知性高雅,她对老伴说:“你身体不好,血压高、糖尿病,你又不是铁打的……你要爱护自己，我给你买的水果、牛奶记得抽空吃，今天就送你到这儿了，我锻炼去了，晚上我再来这接你。”女的反复叮嘱。

“知道了，你放心吧。我趁现在还能动，为孩子们多攒钱，他们工作与生活都有压力，不容易。房贷不让他们操心，我们来还。你照顾好自己，记得多买点孩子们喜欢吃的食物，周末我们一家人打打牙祭。”教授风度、满脸风霜的男士微笑着说。

真是恩爱拳拳，父爱无声。这无私的爱定会给他们的孩子们战胜一个又一个困难的勇气，任何风霜雪雨都能逾越。

湘江边的桂花林里，一个五岁左右的小男孩子提着深红色的小竹篮走了过来，篮子里装着一个红彤彤的大苹果。外形如哪吒的小男孩大方地叫着：“阿姨，买苹果吗？5 元 1 个。”

我惊叹着孩子的胆量，于是我说：“苹果与漂亮的篮子都卖给我，行吗？”“只卖苹果，不卖竹篮。”我给了小哪吒 5 元，把买的苹果又送给他。

“阿姨，您买了苹果，一定要拿走，不能送回给我。”这么懂事的孩子，不见家长在。“你还有苹果吗？我还要买 5 个。”“阿姨，您稍等。”我的目光追寻着小哪吒，只见他走到一辆红色的小轿车边，一位年轻的父亲微笑着望着我们，我走近他们。车后备厢还有一些苹果。

“这是苹果小子第 5 次锻炼，苹果是他爷爷家的。这次苹果小子进步了。”年轻的父亲一脸欣慰。我惊叹于苹果小子父亲特别的教子方式，我一共买了 6 个苹果，满载收获地回家。

这是红尘里的最美遇见，这些用温情堆满的记忆，总温暖着我们的心。

一抹穿透红尘的暖

数年时间弹指间跃过，神思犹自穿行在贾鸿先生写的歌里，在优美的旋律与意境中，重拾缤纷的心灵。犹自沉醉在歌词背后那真善美的情感里，思绪之河仍在持久地翻涌着感动。

确实，生活并不缺乏美，只缺乏一双发现美的眼睛；人生，也并非缺乏真善，缺失的是一颗感恩的心。

贾鸿先生借一双独特的慧眼，用男人的刚柔相济巧裁一段段岁月入歌，让花鸟树木、小桥流水、古巷阡陌、人间真情……甚至连凄风苦雨，也都沾上光辉。

在万丈红尘里，他用舒展的眉眼拍摄世界，让我们在恼人的春雨中看到柔情委婉，在严酷的冬雪里感受到香风纯洁，在萧瑟的秋风前聆听到金菊灿然的足音。

这份盛放的美丽，流淌在歌曲中的每个角落，折射出乐观向上、执着追梦的光辉，充盈着心的倾诉，正是他精心烹制呈献给我们一幅唯美的有声画卷。

掬一瓣心香为笔，饱蘸浓郁的情感，泼墨倾情挥洒一朵朵人间至真至善的奇葩，朵朵风韵奇绝，馨香袭人，沁人心脾。

唱响央视三台歌曲《为人父母》，作者摘一怀二月春花的姹紫嫣红，揉入一腔真心呵护的期盼，用朴实无华的语言，演绎育儿的不易与父爱母爱的崇高伟大。

电视剧《戒毒所日记——拯救》的主题歌《心墙》，作者疼惜地关注那些误入歧途、迷茫的人，期盼他们早日回归正途。

歌曲《不迁徙的候鸟》，他借喻一只不迁徙的候鸟，纵使面对风霜雨雪，依旧坚守住梦想，等候春天的到来，而不是退回温暖的南方海岛，逃避冬天的侵扰……表明执着追梦的决心与无视风霜雪雨的坚韧品质。

电视剧《幸福照相馆》里的主题歌《守望时光》，作者用柔软的笔触阐明了爱的真谛：无论贫穷，无论风雨，幸福快乐地一起守望时光，执子之手，白首不相离。

歌曲《画里画外马鞍山》，体现出作者的家国情怀，以及满腔的赤诚，还有一份对祖国大好河山的赞美。而这汇聚了人间最真、最善、最美的光芒，足以点亮每一位聆听者的心灵。这，应该就是贾鸿先生创作的初衷，是他真心送给大家的一抹穿透世俗的暖。

毋庸置疑，当你轻轻捧起贾鸿先生这如香茗般的歌曲，用心灵的柔唇细品其中的醇厚，您将切身感悟到，里面没有颓废，没有冷漠，没有阴暗，没有虚假，没有欺诈，更没有朝秦暮楚的放荡；这里面，只有十成乐观向上的心态，十分对爱情的专一，十足对亲情、友情的赤诚，对弱势群体的怜爱，对神州大地满腔的热爱之情。

他能写出这么多让人喜爱的歌曲，不知道花费了多少时间的沉淀，看淡了多少繁华起落，淡薄了多少明月圆缺，笑傲了多少风雨聚散……终于，他做到了让饱满的情感滴落指端，汇成墨香，让十指洒一程人间的锦绣，最终登上艺术高峰。

“总有难忘的时光，时常温暖我的眼眶。岁月怀里来来往往，我却愿停留在原来的地方。”

最后，摘一羽贾鸿先生歌海中的芬芳小朵为记。

像红枫一样幸福地燃烧

“自古逢秋悲寂寥，我言秋日胜春朝。”喜欢刘禹锡的这首诗，更喜欢随秋风摇曳、给人的心绪带来炽热的红枫。

不知从什么时候起，我常常会因为某一点红色，便想起了家乡的红枫树，那满山遍野的枫叶，由青变紫又变红。被秋阳一照，便成了通红通红的一大片，就像整片树林都被晚霞点燃。

我家的花园里也种了两棵红枫树，先生经常给它浇水施肥，不久便也是一树树火红，一树树灿烂，给人温暖与力量。每每我在红枫树下看书学习，看一片一片美丽的红枫叶随秋风舞蹈，记忆的画屏便徐徐展开——

家乡的山坡上有一片美丽的红枫林。小时候，我每天都要和妹妹一起，到山上打柴、采树叶垫猪圈。一年又一年，枫树发芽，枝干长出新绿。秋天一到，新叶照样由紫变红，那无数片絮絮低语的枫叶，似乎在诉说一个美丽而久远的童话故事。

在一个枫红菊灿的日子，我和妹妹依旧去山坡上的枫林里干活，本来我干活速度非常慢，还不小心割伤了自己，把手弄得鲜血直流。妹妹见状，难过得直哭。一边用她最喜欢的小手绢帮我包扎好伤口，一边心疼地说：“家里穷，营养本身跟不上，还流了这么多血，以后怎么能好好上学呀？以后家里母鸡下的蛋都给你吃，我过生日要吃的鸡蛋也留给你吃……”

我泪流满面地望着如菊花般顽强的妹妹，激动得说不出话来。

后来妹妹把我该做的所有家务活都包揽了，她对父母说，她不喜欢读书，还说读书就是受苦，就让姐姐一个人读书受苦。不久妹妹辍学了，我很伤心。我知道她是想让我一个人安心读书，又能减轻父母的负担，她才辍学的！

她成了父母的左右手，成了我在学校生活所需的饭菜和水果的搬运工，也成了与这片红枫林天天做伴的人。

有时候晚上妹妹也来我房间，问我：姐，读书好玩吗？你把你在学校记的笔记给我也抄一份好吗？我闲暇时也看看解解闷啊……这个字怎么读，这英语是什么意思？

我高兴的时候就教她，不高兴的时候就大声吼她，可妹妹依旧一脸开心。

一次学校放假，我随妹妹又来到阔别许久的红枫林，红枫怒放馋人。妹妹像往日一样忙碌着，我一个人在林里四处闲逛，我发现一个像红薯窖一样的地方，我把头伸进去，并没有红薯，而是一捆一捆红枫叶，我打开看看，枫叶上写的全是我的读书笔记，都够装满好几个大箩筐了！

我一把抱住妹妹，泪在我的眼眶里打滚，我对她说："你真傻！其实你也非常喜爱读书的，难怪你知道那么多……是姐姐拖累你了！"

"没事啊，姐，有时候我一边放牛，就一边在红枫叶上抄笔记；有时候打完柴了，我也坐在这里抄笔记，抄多了，慢慢就记住了！"

说完，妹妹采撷两片最美最红的枫叶，别在我们彼此的发间，枫叶像一朵花似的，红艳艳地开在我们的头上，我们都灿烂地笑了。

"秋叶如花。红枫叶是最美的一朵，让我们像红枫一样幸福地燃烧吧，姐……"

我兴奋地点了点头。

"停车坐爱枫林晚，霜叶红于二月花。"

此刻，所有的红枫叶，仿佛都长了这样一颗心，热情的，率真的。一朝绯红，满腔的爱都燃烧出来。在山坡上，在阡陌小径边，在花园里、在城市公园旁……整个世界，亲切地红成了一家，红火得那么辉煌。

“红枫红枫，叶叶相叠，精心的谋划早就从初春开始。童谣醉、月影摇，花草铺就一个斑斓的大广场，风中那么多的枫不停咿呀呀，等你揭下她的红面纱——”

不知道哪来的琅琅读书声把我从回忆里唤醒，真想用思念与祝福染红一枚一枚枫叶寄给远方，佑远方的妹妹吉祥安康。

静立斜阳话红枫，信手拾取满秋色。

红枫叶开得最好的时候，我选了一个大晴天，叫上妹妹和文友们一起去农大看红枫。一路随着秋风而去，一路念着红枫而回，我和妹妹在一起，心情美得如枫叶一般灿烂。

心香一瓣

阳光与花，总有凋谢的一刻。但有一种阳光与花，没有谢期，那就是从骨子里散发出来的阳光，绽放在心灵深处的花，如禅如莲，如歌如诗，如梦似幻……暖了流年。

人心就可成一缕明媚的阳光，有一朵永不凋谢的花魂，如禅一样虔诚真挚，如莲一样高洁芬芳。绚烂无比，芬芳永恒！

将一朵如莲心香放进流年的阳光里，再放绘入时光的宣纸上，岁月的枝头就会缠绕春天里最温暖最优美的音符，让人久久沉醉其中，不愿醒来。

红尘里那些沉睡已久的感人肺腑的画面与故事，就会被心香一一打捞上来，烙在记忆的画屏，成一卷优美的画册，让人翻阅，给人阳光与正能量。

一朵盛开的小荷，一瓣暖人的心香，就是一颗蓬勃的心，就是一种向上的精神。那只暴风雨中翱翔的顽强雄鹰，在阳光里飞到了自己梦想中那片蔚蓝的天空里。

这是红尘里最美的那朵荷，这是天上人间最沁人的心香一瓣。鲜嫩的花瓣，柔美的色泽，优美的身姿，出淤泥而不染，如花瓣雨般倾城的芬芳，氤氲成谁梦中的极致？

一抹浅浅的微笑，一声暖人的问候，一朵真挚的祝福，一腔沸腾的热血，一怀大爱与豁达，一种奋发与激昂……这一切，浅浅淡淡，丝丝缕缕，缠缠绕绕，无穷无尽，永远没有完结，默默编织出一份份沁人的美丽！

一瓣心香，就是一种激动、一种励志的精神！如一双双温暖的手，在装扮美丽的世界。如荷心香弥漫在青春而淳朴的双眼，在滚滚红尘里站成一幅风景，就是前世今生、天上人间的最美。

绽放在岁月枝头上的那一瓣心香，如荷一样纯洁沁人，自在绽放。被定格在眼眸里，被渲染在辞章里，芳菲在平平仄仄的诗句里翩跹，水面惊鸿，成为永恒的姿态。

心香是灯，是路，是禅，是爱，是美，是没有酷暑严寒的四季；一瓣心香，就是一枝禅意的花，开放在心中，在时光的深处静静沉淀一切欲望与骄躁，如莲如诗，在心底，在红尘中，芳香四溢。

真想手捻珠链，虔诚地掬一瓣心香，拾一串花语，让灵魂的色调，染上禅意和春色，心泊在梦的港湾。在宁静和安然里，依一朵荷的芬芳与高洁，将生活的底蕴馥郁，将心里的风情旖旎。

坐看庭前花开花落，笑看天边云卷云舒，赏沿途迤逦山色，撷心香一瓣，从容地往天涯海角，去播撒芬芳与阳光。

聆听,春天的心音

站在春天的岸边,看风中的枯枝,陌上的纸鸢,静静地等待,等待梦中的琴弦奏出春暖花开。这样的时刻,幸福的瞬间就是倚着花架闻芳香四溢,看紫蝶翩跹;甜蜜地从眼底和鼻子前化开,一直蔓延到心里。

一直都喜欢春天,陶醉于那妩媚的百花,那青草绿地,那生机蓬勃,那一抹一抹暖暖的风景。一直都仰望那些带给人们春天般温暖的人,喜欢有大爱情怀播撒阳光的爱心使者。一直都喜欢把满满的祈祷和祝福挂在绿色的枝丫上,用阳光做笔,把满满的心事涂抹成春的暖色。

尽管尘世里没有持久不变的完美,人世间有着太多的变数,但是只要我们心怀春的阳光明媚,只有努力生活,接纳所有无法预料的,与现实患难与共,才能赢得一份真实而美好的感动。

心累了,与花草凝眸;走急了,和自然对话;和自己微笑,把握住属于自己的快乐和幸福。

总爱徜徉在百花园,在花瓣雨的世界里流连;最爱掬一捧花瓣,撒落在清澈的小河里,让烦恼随流水散去。最爱静静地坐在小河边沉思遐想,感受生命的静美。最爱漫步在乡间小路上,远离喧嚣和烦忧,看风景品心情。走过万水千山,走过红尘纷扰,笑看明媚成歌。一个微笑,一抹阳光,都是沁人的暖。

不经意间,时光行走在窗前的阳光里,流逝在日出日落的奔波中,消失在百转千回的期盼中。时常告诉自己的一段话:在尘世的琐碎里,谁的心能永不疲惫?谁的故事里能没有伤痛?只要走过那些冷暖交织的岁月,自然会苦尽甘来,春暖花开。

坐在春的深处,聆听春天的心音,看心与心的相依相暖。我会在似水流年中,以岁月为笺,时光做笔,把平淡的生活描绘成五彩斑斓的图景。再让我虔诚地低吟浅唱,开满春的天籁。期盼春暖花开,鲜花成海,一场美丽盛典的到来……

眷恋秋天

夜色微凉，秋意渐浓。

凝眸窗外，一种对秋眷恋的心绪在疯长。

眷恋秋天，喜欢秋风过耳、秋叶盈怀的感觉。喜欢伴着清凉的秋风把怀念化作蓝天上那茫茫一片洁白飘逸的云——那可是父辈们秋日劳作被汗水浸湿被秋风吹拂的汗衫？喜欢看多思的秋风带着满怀的心事，一次又一次撞开蓝天的窗；南飞的大雁一次一次落寞的哀愁啼血；不肯服输的秋蝉一次又一次将屈辱的岁月深情呼唤……似乎在乞求秋天随着那一片即将飘落的黄叶，卷走前世今生的感伤。

眷恋秋天，喜欢秋雨临窗、秋阳暖心的优美意境和氛围。喜欢聆听着秋阳把思念化作一只只馋人的红橘或一片片迷人的晚霞——那可是农人们灿烂的笑颜和奉献情怀？喜欢欣赏绯红的秋色将满山枫林点燃，而枫红将枝头绽放的朵朵黄花点燃，将古老宁静的石头点燃，将静美的山村染色，亦将农人憨厚甜美的乡音缭绕……

眷恋秋天，喜欢秋天的温暖粗犷。喜欢把思念化作山村的天空上那一缕袅袅升起的炊烟。那可是辛勤善良的母亲们最无私的爱在流淌？喜欢聆听山间牧场上那悠扬的笛声，喜欢陶醉在渡口老艄公那轻快的哨声里，各种美妙的声音穿过密密匝匝的柳条，穿过一望无际的金色稻浪，穿过微波粼粼的江面，将炊烟拂淡，最后渗入天空和大地的怀抱，烙在人们的心海里……

眷恋秋天,喜欢秋天由青涩走向成熟的韵味。喜欢看怀念从一串酸透人心的葡萄和青橘慢慢变得甘甜——那可是恩师们严厉的教诲陪伴至成功的喜悦?

眷恋秋天,喜欢用心灵感受秋的美妙,去品尝辉煌的秋带来的快乐。喜欢把祝福和祈祷化作一缕缕沁人心肺的桂花香——那就是农人们忙到秋来的辛勤汗水的香。

那一刻,我仿佛看到世上所有的树木都挂满红橘,从此,世间没有荒芜,幸福溢满人间。

你若等待，阳光自来

在茂密的松林里，等待是一阵风，吹起美妙的松涛；在寂静的夜路中，等待是一捧星，洒满漫天的璀璨；在无垠的雪原上，等待是一树梅，飘来静雅的幽香……

等待是一场雨，洗涤心灵的尘垢，等待是一首歌，驱散梦乡的寂冷，等待是一双眼，收获灵魂的宽慰。等待是最好的，在等待中我们洗尽铅华，褪下浮躁，收获人生最美的沉淀。“众里寻他千百度，蓦然回首，那人却在灯火阑珊处。”

等待，是成功最好的钥匙。姜太公钓鱼，愿者上钩，如果不是等待，姜太公又何以能辅佐圣君，在历史的版图上挥斥方遒？苏子被贬黄州，却依旧洒脱不羁，只管“一蓑烟雨任平生”，因为他深知等待之后，阳光终会冲破阴霾。

陶渊明寄情山水，即使“草盛豆苗稀”依然收获“悠然见南山”的闲趣，他让等待变成了心灵的流放，就算仕途失意，在等待中他却获得了心灵的放牧。

等待，是梦想最好的船桨。孟郊苦学多年才中举，一年又一年的勤勉，一年又一年的等待，让他的梦想终于实现，“春风得意马蹄疾，一日看尽长安花”。屈原少年在山洞中读书，在秋雨冬雪中等待梦想之花的盛开，一篇《楚辞》流传千古。

曹雪芹少年家道中落，饱尝人间辛酸疾苦，他立志著书，在茅草屋中等待梦想的实现，一本《红楼梦》道尽多少伤心事？因为等待，他的梦想之舟在大海中劈波斩浪，一书在传，千年佳作。

等待，是道德最好的尺度。杜甫身陷茅屋，生活贫苦，可依旧等待有一座广厦可以“大庇天下寒士俱欢颜”，他的等待，不正是他忧国忧民之心的最好体现？

明亡后，王夫之一次次拒绝清廷的邀请，宁愿隐居山中，他的等待，不正是威武不能屈，富贵不能淫的士子之风的体现？

等待，它让夜间光明倾泻；它让雪融溪泉叮咚。因为等待，所以成功，因为等待，所以收获。

等待，是时光最好的礼物，甭管“昨夜西风凋碧树，独上西楼，望尽天涯路”的愁苦，因为你若等待，阳光自来。

最美知性女人花

一直都有一个梦想，要做一个知性的女子，不再迷茫，拒绝忧伤。没有倾国的貌，没有倾城的才，唯有一纸笔墨，一阕飞花。一颗执着的心，收藏正能量。用如水的柔情，感动生活的每一天，在如梦的意境中，展现着“女人如花，一生风景”。

做个知性的女子，让自己上得厅堂，下得厨房；不矫揉造作，只神清气爽。我要不断给自己充电，与时代接轨。与家人和朋友谈天说地，在文字的国度里，清浅时光，展一笺温婉，拈一缕心香，淡淡行走于红尘。

做个知性的女子，练一手好厨艺，做几个拿手好菜，让家人垂涎三尺，胃口大涨。时常弄点小情调，偶尔来个烛光晚餐，置淡雅的小花点缀空间，浪漫唯美氛围，让家人开怀得热泪盈眶。倾情管好家，用心经营爱，让欢笑多于泪水。

做个知性的女子，平平淡淡，美丽人生。安然端坐于岁月的一隅，在清澈且深邃的眸光中，任思绪飞花。轻语流年，让思念纯白如初，让心事次第盛开。让心底的情愫渐行渐远，成岁月的逝水沉香，让难启心语淡静悠远，成灵魂深处的俏笑嫣然。

做个知性的女子，要明白，生命是一场孤独的跋涉，一个人走，一个人哭，一个人笑，一个人坚强。一场磨难，是一场洗礼；一份伤痛，是一份警醒。走过、累过、哭过，才会成长；痛苦过、悲伤过、寂寞过，才会飞翔……即使生活再云雾缭绕，心，永远微笑向暖。

做个知性的女子，把头抬起，把心放低；淡然归去，安然生活，选择坚强。让心如镜，铭记岁月里一切花开的时光。无论几许伤痛，携一抹温柔，淡守恬静，只问浅笑安然，不问花开几许，安然静守，聆听阳光！

做个知性的女子，打包爱心，邮寄温暖；折叠快乐，放飞幸福；奉献爱心，微笑前行。淡然纯净，云淡风轻，坐看风起云卷，倾听花开花落，守一颗淡泊之心，拥一份宁静之美，饮一壶岁月静好。

风拂梅香来

——题王诚老师书画红梅

“墙角数枝梅，凌寒独自开。遥知不是雪，为有暗香来。”一直很喜欢有关梅的文字，喜欢梅的傲雪骨气。而王诚老师神笔绽放之下的梅更有一番超凡脱俗的仙气，沁人心脾，甚为喜欢。

仔细端详着王诚老师的画中红梅，高雅、安静、淡然，傲视艰难险阻，这品格、这骨气，在王老师身上彰显得淋漓尽致。不争阳光雨露，不争沃土肥壤，只在凌寒时节，悄然轻送一缕暗香。

这红梅，星星点点，笑迎寒风。看着欲掩还迎的朵，看着娇俏含羞的蕊，看着疏影横斜的枝，我沉醉了。深吸一口梅朵墨香，仿佛一种饱满而浓郁的气息入心入肺。从梅的身上我看到圆润而飘逸的张力，波及我的每一根神经。墨香味儿游走间，拂去了我连日来奔波忙乱的烦躁和疲惫。

我凝视着这红梅久久。梅朵娇俏玲珑，花儿有恣意舒展的，也有含苞待放的，但一样的红衣染香，似羞似醉。如红衣仙子，轻摇身姿，微笑着送我一缕缕清香。“零落成泥碾作尘，只有香如故”，梅香沁脾，亘古缭绕，缱绻，入梦入心；“已是悬崖百丈冰，犹有花枝俏”，梅骨凛然，清雅高洁，有冰清玉洁之美。

轻抚梅朵，浅嗅梅香，不觉醉了。生活和工作上的烦恼随着梅香也瞬间消散了。王老师笔尖绽放的梅，不光艳丽，还是一种心灵鸡汤。

给心灵开一扇晴窗。即使遇到风霜雪雨，也依旧含笑。这便是王老师画中梅的真正用意吧。很喜欢这样的句子:“心中若有桃花源,何处不是云水间”“你若盛开,清风自来”“心中有云云生暖,梦里有花花自香”。这就说明我们时刻要“修心”,修成红梅的冰清玉洁,淡然风霜雪雨的美内质。

折一支盛开的梅,携一缕梅香入怀。让红尘中的烦扰打一个完美的结,用王诚老师画中红梅的魂为自己雕琢了一枚美丽的印章,在以后的人生道路上淡然前行。

夏日心曲

春天的脚步已经渐渐远去了。一场夏雨便能添一点温度，夏意，已经越来越浓了。

站在夏的枝头，看见大地已经褪去最初的嫩绿，将一幅苍翠拉向天际，尽情挥洒夏日的激情。

风吹过，或深红或浅黄或淡紫的落花随风而动，恋恋不舍地离开枝头，飘飘然，画着优美的弧，旋转，坠落。如一场花瓣雨，轻柔绚丽，妖娆落于人们身侧。如一副巨大的织锦，鲜艳而精美，舒展在人们脚下。

落红逐水，还在为春天唱着离歌；花瓣戏风，于娇柔中展现坚强。这些欣欣然的美，绚烂了交季的风景。于是乎，午夜星空也开始绚烂，夜间散步的人跟着更多了，夜风朗，心情亦是晴朗。

漫山遍野的花花草草，在夏日里伸展柔软的腰肢，蔓延成绿色的波浪，用那翡翠般鲜亮的晴绿来替代桃花雨。这长晴的夏有着夏的热情，它热烈而深厚，爱得粗犷。我便也爱极了这样的夏，爱极了夏的枝头那青青的果实，青涩而卑微，一如初春的花朵。

然而它在蓬勃中成长，在成长中走向成熟。有着生命的蓬勃和日臻成熟的展望，它缤纷着而热烈，只有长夜里那些出淤泥而不染的荷花能抚平它的情绪——夏夜清风，吹过幽幽荷塘……

一直非常喜欢夏季，好喜欢夏日暖风中那一片诗意的金黄稻浪；那林间晨鸟“扑棱棱”穿枝拂叶，给雏鸟们说着关于夏天的童话。清香的栀子花雪白，又开满了母亲的庭院，将浓烈的香气笼在小园里，只等风来相送。

父亲的油桃树挂满沉甸甸的香果，青青的葡萄架下，母亲一如往日，手搭凉棚眺望远方；那阳光下的田园，农人的汗水，打湿了岁月的眉梢，收获一份成熟的喜悦，又栽下一片秋的渴望；夏日黄昏的渡口，老艄公悠扬地吼他的粗嗓子，将最后一船归人渡回炊烟袅袅的家园……

夏夜的荷塘边弥漫着一种如痴如醉的静谧。璀璨的星光下，阵阵激情的蛙鸣，开始演奏一曲夏的旋律……好一个浓情的六月！好一个烂漫的夏日。醉了……

一直特别喜欢奋进的感觉，喜欢前行的路途中那挥舞的臂膀，有我可以握紧的双手，有彼此的凝望。这一切，我是否要得太多？这一切，我是否曾经拥有？

人，总是贪心，当一个愿望达成，便会思索到达下一个愿望所必经的路。总是在赶路前行，却没有心思欣赏路边的风景。

于是，学会取舍，学会停留，学会让自己慢慢行走，一路收获，然后再细细珍藏。而这些珍藏，才会成为蓦然回首时的闪亮。

我们总是在凛冽光秃的冬日，怀念春日的明媚，而又挣脱春日温暖的双手，奔向夏日热烈的怀抱。或许那些留不住的，不能拥有的，才能让人们如此恋恋不舍。遥望的距离，总让人觉得那是最好的，等真切握在手心，才发觉，今朝的花开与旧日的绽放，并没有什么不同，不同的或许只是心境而已。

人生，便是这样一出又一出的戏剧交替上映。有幕起，有幕落；有幸福，有忧伤；有得到，有失去；有成功，有失败。这就是人生，没有事事圆满如人愿，也没有数不尽的伤痕累累，对一些过往，不用太执着，日子，总会匆匆一滑而过。

与此同时，不管我的叹息声是否已尽，不管我面向明天的笑颜是否已经展开，春天便带着旖旎，带着嫩绿，羞涩而灿烂，夹着春花的香浓而来；不管我们是否还在留恋于春的妩媚，烂漫的夏天仍会带着灼热的阳光依约而来。

这样的心情，这样的适应，才可以让我们看到已经来临的是烂漫火红的夏日，才可以让我们以奋进的心去感受世界，感受生活，也感受心底渴望的简单而真实的生活。

花园里的栀子花树已绽开了一枝枝洁白的小花朵，高阔的树枝上那个别致的鸟巢里的小雏鸟已经长大，正等待出巢呢……

已经悄然而来的是夏季，我等待着微笑。自己的，别人的，遥远的，咫尺的。或许，那微笑，会如那明媚的花朵，摇曳在暖风中，远而弥香……

花开无声

深秋，风儿起，叶儿落。那一片一片黄绿相间的精灵，在清明的天空，袅袅娜娜，身姿曼妙。

最喜人的是窗外的秋菊长得分外美丽，暖暖的灯光泼洒在秋菊的花瓣上，娇媚又神秘。

晚自习的电铃声响了。范慕坐在洁净的某大学校园的教室里，目睹这美丽的秋色，她的思绪在放飞……

几年前的一天，小雨沥沥地下着，一层层围绕盘旋在长长的小巷里，长满青苔的小石板路空无一人。她独自走着，任雨丝轻柔地打在脸颊上，任绵绵细雨湿透她乌黑的发丝，她到底走了多久了，她不知道。她只知道自己喜欢那儿，喜欢那儿的清静。“我有多久感受不到安静日子了？”她扪心自问。过去的一幕幕在眼前舞动起来。

范慕从小就是个听话的孩子，父母都是普通的工薪阶级，但她真的很爱他们，她也觉得自己很幸福。所以她从小努力学习，成绩优异，很讨人喜欢。但幸福只继续到她上初中那年。那年，她放学回到家，便看见自己家房门大开，东西横七竖八躺在地上，母亲坐在地上，眼神呆滞。不久，父母就离婚了。父亲来家中取东西那天，她故意不回家，因为她害怕那离别的场景。她不明白，父亲为什么要离他们而去。即使她看不到父亲眼中对母亲的爱，她还是固执地认为那是她的原因。

自此，昔日那个文静的、乖巧的范慕不见了。取而代之的是一个任性的、刁蛮的、染着黄色头发的、像个小混混似的女孩。她整天违反校纪校规，打架旷课，吸烟喝酒，什么事都敢干。起初，母亲还隔三岔五教训她，但后来，她依然我行我素，憔悴的母亲没办法，整天跟着她苦苦哀求，但她依然不为所动，即使她爱她的母亲，但她认为自己也没有错。

她依旧我行我素！她无视母亲脸上伤心的泪水，她无视母亲绝望哀求的眼神；她无视她每天辛勤劳累之余不忘为她准备爱吃的水果、点心，和她最爱的花以及新衣服。她甚至无视她每天为了等她，开着灯通宵达旦……

一晃初三会考在即。范慕在外面疯狂玩乐的时候患了一场大病，她不得不休学养病。取高中录取通知书的那一天，范慕眼看一个个成绩比自己差的同学都考上了重点高中，这时，忏悔在她心里慢慢膨胀，升温，渐渐化作了眼泪滴入心田。她的泪，那么不乖地敲打她的脸。她终于想起了家中的母亲和母亲对她的默默付出。

巷子终于到了尽头，尽头会有什么呢？她隐隐有些期待。

令人失望的是，巷子竟然是条死巷，她有点落寞，眼前突然一亮，在墙角居然有朵小野花，她凑上前去，这个美丽的小生命来得真是时候呢，只见半含着的小花苞竟然慢慢地，轻轻地，像缓慢撑起的小伞般打开了。仿佛感觉到它在向她招手，微笑。她十分惊喜，却又像明白了什么似的，飞也似的跑回家去。

果然，她那瘦弱母亲正站在家门口左顾右盼，看见她气喘吁吁地跑了回来，只是轻轻地抱着她，柔声说："复读一年初三，我陪你再尽力吧！"她噙着眼泪，重重地点了点头。

雨过天晴，她突然觉得自己真傻，是个十足的大混球！她为什么不能心静一点呢？父亲的背叛让她感受不到无私的母爱，也抛弃了对未来的上进与追求，这不是拿他人的错误来惩罚自己和母亲吗？

她终于静下心来，发奋刻苦学习，揣着盈盈的母爱，她考取了省重点示范高中，在这大学梦的摇篮里，她如饥似渴地学习，成绩一直名列前茅，终于，她以优异的成绩考取了全国的重点大学。

母爱如花，花开无声。范慕明白了，时光的筵席中，我们可以放弃一份执念，唯独不可以忽略记忆里铭心刻骨的温暖。

瑞雪
雪兆丰年
吉祥如意

飘逝的白菊

当流水带走一树树的落花，当您家楼前的橘子树上又绽放红彤彤的笑脸，当日子一天一天好起来，当您手中的钱包一点一点丰厚，这新年的钟声即将敲响，尊敬的二嫂，您却走了，永远地走了，留下泪眼婆娑、心情无比沉重的我们……

祈愿天堂里没有病痛，愿阳光与百花同您的灿烂微笑永远相伴相随……

当时光刷新一点一滴的过往，多少有您忙碌、拼搏、呵护家人的场景于记忆深处被悄悄捞起——

几十年前，来自大山深处的您，被二哥用镶着许多菊花与红梅花的大花轿抬进了我们这城郊村。您笑颜如花，就像寒冬里的炭火，让人倍感温暖。

据说，您在娘家就特别勤劳肯干，难怪您父母总是说，您出嫁后，他们就像少了一双手，而二哥家就多了个全能好帮手。您总微笑着对大家说，您不嫌弃二哥家穷，您喜欢二哥的善良和朴实。自您嫁入，您尊老爱幼，孝敬公婆，爱护丈夫。

您始终微笑着，温婉如花。您过着男耕女织的生活。不久，一双儿女出世。患支气管炎病的公婆在您的精心照料下病情好转。因为您的贤惠与善良，一家人其乐融融。

即使您的相貌平凡，但是您那如花的微笑以及勤劳肯干仍让人记忆深刻。您会用廉价的衣料把自己与孩子们打扮成一道风景，您使红苕饭、萝卜饭这简朴的生活变得幸福快乐。您极具亲和力，与邻居和睦相处，晚上空闲时光大家喜欢挤在您家，使土砖房屋变成了欢乐的海洋。

夫妻二人都那样勤勤恳恳，任劳任怨。天刚蒙蒙亮，二哥和您就起了床，一起拿着柴刀与扁担去三十多里路外的深山老林砍柴、买树伐树，再将树锯成柴火运到集市售卖，换取微薄的收入养家糊口。

这样简单而辛劳的幸福的时光并不长。

一天在深山砍树的二哥被毒蛇咬伤，因为离家远，耽误了最佳治疗时间，病情恶化。后来，您变卖了家里的一切——包括被子和衣服，还借了债，到县医院为二哥治病。二哥的命救活了，可是蛇素影响了脑神经，他患了神经病，不但干不了活，还总是搞破坏。甚至发起病来还会砸坏家里的东西，包括锅碗瓢盆，包括弄死了院子里种的菜和庄稼地里的所有作物。

可是二嫂，您依旧微笑着，不离不弃。

您安慰无法入睡、担心你们日子会过不下去的公公婆婆，仍然满世界去借钱给二哥医治，想方设法去找寻好大夫。在您的努力下，二哥的病情也有所好转，虽然他还是做不了家务和农活，却能像一个听话的孩子。从此，三个孩子加上心智像孩子的丈夫，还有年迈的公婆，这个破烂不堪的家需要您扛在肩头。可是二嫂，您依旧微笑着，如白菊一样努力和顽强。

您起早贪黑，将责任田里种上庄稼，稻谷、花生、黄豆、西瓜、蔬菜、棉花，应有尽有；您在家门前的院子里种上瓜果，梨子、橘子、柚子、桃子；您喂猪、喂鸡喂鸭，想尽一切办法赚钱，买回好吃的东西给家人们打牙祭……您起早贪黑地忙碌着，播种、施肥、浇水、饲养……您清瘦的脸上却天天微笑着，大家都喜欢买您家的东西。

有人说，来您这里买大米或棉花等东西，还可以感受到一份温暖的笑容，因而您家的生意十分红火，几年下来也攒了不少钱。您不光还清了所有债务，还有了存款。

三个子女在您的呵护下慢慢长大，都传承了您吃苦耐劳和善良的品质，如今他们个个有出息，让很多人羡慕，也让您有所欣慰。

如今，一家人终于过上了丰衣足食的幸福生活，您却被病魔夺走了生命。

您匆匆地走了，去了天堂，去一场永远没有归期的旅行……

我轻轻地拾起院子里飘逝的白菊，用这落花做韵，唱起悠长悠长的离歌……

最美的心愿

初冬的阳光格外灿烂，一抹一抹泻在身上，暖在心里，惬意极了。寒风中摇曳的一大片一大片红彤彤的橘子，向着路过的行人展开笑颜问好。

好喜欢冬天，喜欢冬天的一切。深爱着那清凛的空气，挺拔的青松，傲雪似火的红梅，给人带来力量和暖意。更陶醉于那满天飞舞的雪花，给人带来清纯、圣洁的美……

总是喜欢一边沐浴着黄昏的缕缕霞光，一边漫步在柳丝摇曳的堤岸，极目远眺。时光涓涓流淌，花开花落，大雁南来北往，昼夜和四季轮回有律，唯独思念和祝福没有尽头。

那遥远的地方，那遥远的人儿，那些或远或近的微笑，都如天边的云彩，缓缓地飘过来，栩栩如生，落在心头。岁月呵，在指尖悄然滑落，真的好渴望让时光停住，能够把那些曾经的琐碎，曾经的爱和痛，曾经的感动和印记，用时光的笔墨在滚滚红尘中续写。

独自走进清幽幽的老街，青石子砌成的房屋，墙角转处，一株生在砖缝的野菊花，被冷风吹斜了身子，但它依然面向朝阳，在努力绽放。好佩服这个坚硬顽强的小生灵！

是啊，世上所有的生灵，都有着一颗顽强的心，不管它看起来是多么渺小。

红尘行走，难免磕磕碰碰，困难重重，但只要有着一颗坚定不移的心，任何事情都会有柳暗花明的一天。即使不能圆满，只要我们努力了，就不会后悔，也不会留下遗憾。

独自走进花园，凝眸蓝天，用心聆听初冬心语。

红枫摇曳，铁树抖擞，菊花傲霜……妩媚的阳光一缕缕扑过来，醉人的花香一阵阵飘过来，多想抓一把阳光，掬一捧花香装进我生命的行囊，打包邮寄给或远或近的你。

一念一静土 心似蓮花開 辛丑春 郭晶畫

原谅时光，记住爱

冬日的阳光，明亮而温和。花园里的红枫依旧妩媚，陌上的山茶花迎风曼舞，雪花给人的感觉很遥远。新年在不知不觉中，就要来临。一切都是那么惬意祥和。时光静好，日子里裹着层层的爱意与欢喜。

一直觉得时光很是浪漫，很是眷顾我这个喜欢文字的女子。打开心灵的窗子，静看时光旖旎，奏一曲花开花落。红尘驿站，人来人往，去去留留。曾经的美好，未曾辜负，落花散尽，风轻云淡。

当我真正翻阅那些书，那些有我文字的书，那些留有我文字制作的音频与视频，那些朋友们鼓励的话语的时候，心里真是暖暖的，心中充盈着感恩和感激。当我手敲着键盘，写下自己的心绪，仿佛文字也蘸着芬芳，在丰盈着每一天。日子尽管匆匆，在我的字里行间与墨香里留有深深浅浅的印记，顺着岁月的光潜入我的眼眸与心海。

喜欢快乐而简单的生活。如果我们用一种看山是山，看水是水的境界来生活，就会快乐无比。那些与朋友们一起爬山、远足，放飞大自然的时光；那些与文友们一起吟诗作赋的日子；那些与亲人们收拾洪水过境的残局后的时光……无不让人感觉生活处处都是满满的快乐与幸福。

是呀，时光的纸笺上写下的不都是沧桑，还有岁月沉淀的那份静美和充盈。

有阴影的地方，都是因为有阳光！斟一盏记忆的茶，让往事在我的杯中荡涤，让时光的芬芳缠绕着归去的路口，尽管时光有时候已从指间的缝隙蜕化成惆怅。低眉处，不过是素描的那一片影。有时候影子也很美，给人力量与怀想。

只想原谅，原谅一些欲望，把一些不必要的东西遗忘在走过的路边，开出一些野花。当某天回头时，也是一道不错的风景。只想原谅，原谅曾有的伤害与误会，当解释也变得苍白无力，原谅，也是美事一场。

站在冬的枝头，我只想采集一缕一缕阳光，浇灌亲情和友情于朝朝暮暮；只想捻一缕素色时光，填一曲静好安然，穿梭在清幽的季节里，把热闹一时的暖色调摒弃，收藏冷色调的温暖与暗香。

我想把有限的生命活成自然的风景。只想“原谅时光，记住爱”！

浅望幸福，不写忧伤

春天的帷幕即将拉开，青鸟整装待发，红梅在和春风通话，交接职责。你看啊！百花正在朝我们涌来……暖意随微风慢慢漾开，苏醒冬眠的眼眸，好期待，那润泽了的绿意。

总是被那些最朴实自然的事物与情感打动；总是喜欢那些灵魂深处呐喊的深刻文字；总是喜欢把爱和祝福遍布在风里，吹到或近或远的朋友们的心里；总是渴望让所有好似花瓣上的蝶，在随风摇曳的香里，把一切定格，抑或美丽。

每每安于一隅温暖，修篱种菊。让自己在冬日里采一朵晶莹的雪花，琉璃的心境，把捻在指尖的情，暖一朵花开的心念，写下一份淡定与从容。

而曾经的那些温暖，颗颗点点，如明珠璀璨把岁月装点。静守一抹暖阳，随一缕袅袅茶香，和一首清音，在人生的素笺上清墨淡写诗行，哪怕纸页泛黄，亦是心底最美的句子，装点自己人生的篇章，温婉而情长。

捧一颗阳光般的心在红梅丛中微笑，在开满野菊花的山坡上徜徉，在挺拔的松树下仰望。一路播撒阳光，一路情洒天涯。用美丽的心灵，酝酿出唯美的文字，让自己的诗行，蕴藏着祈祷和牵念的花香。

每每将宁静的时光轻拈成文，将心间的清欢梳理成碧绿的丝绦，让流年永远绿荫葳蕤，永驻淡香。每每总是以一朵花的姿态，默默开在岁月的窗角，芬芳而妖娆，绽放出优雅无忧的微笑。

相遇是一树树的花开,祝福是生命枝丫上一串串紫色风铃。我把缜密的心思写满花间,片片都是心语呢喃,我把真挚的祝福挂满枝丫,串串都是我含笑的眼;我用心雕刻每一缕馨香,静静地将一份份祝愿,柔柔地放进你我心间。让一份份牵念,温暖流年。

时光荏苒,若水穿尘,回眸处,岁月静好;向前看,繁华依旧。画一笔领悟,书一笔珍重,淡笺素语,墨韵成香。

倚一抹阳光,绽放微笑,挽一抹激情,画青春;叠一串美好,颂人生;浅望幸福,不写忧伤。

新年，你好！

新年，就这样舞动着彩色的裙裾含笑朝我们走来。在红梅傲雪的妩媚私语中，在一场飘逸的雪花之舞里。

年味渐渐地浓了。在远方游子眺望家乡山水的眸子里，在父老乡亲杀猪宰羊的吆喝声中，在家门前那一排高高悬挂的火红灯笼中，在男女老少揉搓着糍粑哼着“过年好”的愉快歌声里。

风儿是新的，阳光是新的，日子也是新的。只有我还是那个一如既往在祝福你们的我。我喜欢关注每一位关心我的朋友，关注亲人们的一切。更喜欢一个人静静独处，回放曾经的点滴美好。

白天的办公室里，忙忙碌碌中也不忘翻阅你们的笑颜。夜晚的书房里，于明亮的灯光下，我拖着疲惫的身体在读或远或近的你，读那深邃幸福的目光，读那博大宽广的胸怀，读那山区孩子们灿烂满足的笑靥，读那牵手美好的动人时刻。

等过完了春节，春天就会来了。无数爱美的人都在邀约一场春风，预计在一场春暖花开里翻晒最美的衣裳。只是希望自己能如往年一般，仍像朵娇媚欲滴的玫瑰和牡丹依旧芬芳沁人，希望轻柔的春风依旧相拂，一切美好依旧。

总想努力忘记本应忘记的一切。可是，它们如一朵小花刚刚绽放在夏日的晾衣架上，又悄悄飘入冬日浪漫飘逸的雪花里，流入山间潺潺流荡的溪水里，流入浩瀚缥缈的大海里……最后渗进我的心海里。

揣着或远或近的灿烂微笑，我打包一切美好走进新春的征程。我把一首祝福的诗行从去年写到今年，由今生写到来生……祝福的篇章永远不会完结。

郭晶赋

冰晶怀壮志，宏愿小众蕊；自幼爱书画，求艺虔诚坚。艺出张大千，技成杨铭仪。墨海溢宝光，大师遗风在。学贯今古，道悟国粹；凌风傲骨，巾帼画魂。临池浴砚春波黑，挥腕舞笔秃万千。银管潇洒夺造化，胸怀磊落照玉宣。花容盛装，千水冰晶神州春。

画虾，刚柔相济，玲珑如梭；坦荡高洁，如龙腾飞。画荷，写意交融，风姿绰约，冰清玉洁；袅袅娜娜，娉娉婷婷；如玉女出水，香醉粉蝶。画鸽，千山百水回家路，信任担肩一路行。

牡丹，仙使落盛唐，轻步尺素间；国色朝酣酒，天香夜染衣；紫气凝墨，暗香浮动，冰绡凌枝人间色。花鸟，神形饱满飞兽活，风骨峻峭草木春；一章落款花鸟贵，两字题名寸纸珍。

隶书，雁不双飞，蚕无二色；藏锋逆入，行笔玺落，饱满厚重，栩栩如生。篆书象形立意，横竖体正势圆，肥瘦高矮如已出，起止俯仰皆敛芒。方劲三折，楷如将军布阵，点画神韵出新；永字八法入圣，堂正落笔为人。文静粗犷雅致，书法丹青双绝。

上善若水，墨香润学子。对人以诚，丹青济贫寒。爱心天使，大爱如阳。

春天的微笑

CHUNTIAN DE WEIXIAO

春天的微笑 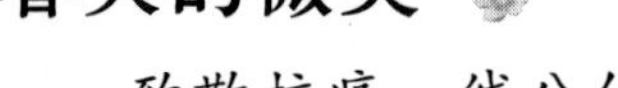

——致敬抗疫一线公仆

“雪慢慢融化，终于想出去晒晒太阳，看见了樱花张开翅膀……春天的微笑让我想要再次希望，春天的微笑让我有勇气再出发。”

喜欢听歌手何耀珊演唱的歌，更喜欢家乡的春天。

N城是我的家乡，也是我工作的地方，这是个温馨、繁华的城市。然而这个春天，它却有些特别。当我戴着厚实的口罩走出家门，街道寂静冷清。除了外出采访，了解这个县防控疫情的动态，我便蜗居在家里。这里更加宁静，自家花园里红枫树上有几只叽叽喳喳的小鸟，还有几朵山茶花，它们是我在这个春天里能见得到的精灵之一。

然而，当我渐渐走进N城的深处，才发现N城并不冷清，甚至有一种从未有过的沸腾与温暖。滔滔湘江水的奔腾声，齐心协力的“嘿嘀”声，人民公仆们的奔跑声，白衣战士的叮嘱声，志愿者的笑声……

有一种声音让我驻足。

“张阿姨，听您电话里讲，你们家没有油和米了，我们给您带来了一些，吃完再打电话告诉我们。天气变冷了，让家人多穿衣服保暖，疫情期间不要外出，你们平平安安在家待着，就是为国家做贡献……”

“李大爷，这是给您的治疗腹泻的药，一日三餐记着按时吃，这是苹果与杨梅罐头，这是一袋面，还有十个口罩，祝您早日康复。”

耐心叮嘱的声音在N城永兴街的居民区响起。说话的人名叫如雪，是永兴社区的书记，她自己还生着病，却仍然坚持与社区工作人员守在抗疫第一线。

这次，如雪与社区的干部们从自家拿来了面和油，苹果与罐头以及家里的常备药，分别给社区居民张姨以及邻近的李大爷送来，以解燃眉之急。

3 月 1 日上午 10 点，在永兴社区的办公室，我见到了如雪书记，此时她正在与社区工作人员召开防疫会议。她中等个子，目光睿智而柔美，一身西装，有一种高雅大方的美，极具亲和力。

如雪是 N 城本地人，"80 后"，中共党员，但她担任社区书记已经有十几年之久。如雪亲民、为民，与社区的工作人员一起把社区工作做得有声有色，是一位优秀的基层干部。

如雪书记铿锵有力的声音在办公室响起：危难时刻，勇于担当，我们要对得起自己肩上的职责，对得起自己的初心。疫情没有得到控制，战斗还没有迎来最后胜利，我们在座的每一位绝不能有半点松懈和退缩，我们依旧要带领社区的广大干部群众战斗在抗疫第一线。

我们社区还要继续排查，还有几户国外有亲人的居民，我们继续做工作，让他们的亲人暂时不要回国，就在原地隔离，因为回国旅途中有感染新冠肺炎的风险，会后我带领几个人去挨家挨户做劝导工作与心理辅导；下午刘主任与祝贺芳、徐莹等人继续一起分拣和打包爱心物资，明天分发给那些家里拮据的居民……

目睹着这群勇于奉献的社区干部，我感慨万千。但如雪书记与我微笑招呼后，又风尘仆仆地投入到工作中去了，我只能与留守在办公室的老张交流，他笑着给我介绍了一些工作情况。

不忘初心，冲锋在前

"疫情就是命令，防控就是责任。"如雪同志作为永兴社区党委书记，带领社区干部积极响应上级防控部署，第一时间筑牢社区防控安全线。

对于如雪书记来说，社区就是她和“战友们”的“主战场”。永兴社区位于市城东，辖区人口流动性大、外来人口数量多，给她及其他工作人员带来了不少压力。

“在这个特殊时期，大家心里都有顾虑，关键时刻社区要冲到一线，党员同志要挺身而出，条件虽然艰苦，但抗击疫情不能等，我们都要行动起来。”这是如雪书记对社区工作者说的话。

如雪书记言行一致。在这个特殊的春节里，她毅然放弃了与家人团聚的美好时光，身患重感冒的她不顾大家劝阻，始终战斗在抗疫第一线。她带领社区工作者对社区进行排查，筹划周密，冷静部署，使排查工作有条不紊地进行。

在大家足不出户自我隔离的时候，如雪每天带领社区工作者进小区院落、巡查商户，敲开一个个紧闭的屋门，确认着每一位居民的信息，督促他们做好消杀和测温，全力以赴把好社区健康关、隐患排查关，筑牢疫情“第一防线”。

面对一些不配合的居民，她总是耐心细致地做着解释工作，告知居民疫情的严重性和危害性，安抚着居民们的情绪，使他们能够正确认识此次疫情。她总是说，我们敲开的不仅是居民的家门，更是敲开了群众的心扉，我们把党和政府的关怀传递到群众心里，群众才会更安心。

牢记使命，惠民保平安

自疫情防控攻坚战打响以来，永兴社区在排查武汉返乡人员的基础上，也时刻关心年老体弱、失独家庭等群体，通过社区“志愿者”团队，为有需求的群众提供日需帮购、事务帮跑等暖心服务。如雪书记与社区干部用实际行动，让社区群众感受到党和政府的关爱。

群防群治，践行初心

如雪书记等干部深知，要打赢这场疫情阻击战，单单靠社区工作者是不够的，必须要广泛参与，要坚持群防群控、依靠群众。她带领社区工作者加强宣传引导，先后入户向居民发放《致居民的一封信》和《温馨提示》，在微信群宣传防控知识，传播正能量及正确防疫的链接，引导居民不信谣、不造谣、不传谣。

通过一系列的宣传，切实有效地增强了群众对疫情防控的信心。同时她积极动员辖区单位和群众积极参与到防控工作中来。要求大家不出门、不聚集，每天测量体温等，发现异常及时向社区报告。

如雪书记等人用自己的实际行动带领社区工作者，始终把防控疫情工作作为践行初心不负使命的主战场，冲锋在前、战斗在前，为辖区群众筑起了一道“安全屏障”和“战斗堡垒”！

如雪书记与社区干部们都成了爱的化身，都是爱的奉献者与传递者，他们的工作态度以及温暖言行，成了社区群众的定心丸。

在 N 城，在这个特殊的春天，所有社区都在重复着同样的故事。无数如雪书记这样的领导干部在无私奉献，他们是这个春天最暖心的精灵，他们就是这个时代里最让人尊敬的人民公仆。

大气做人，无悔人生

——赠爱心企业家朱金峰

“大丈夫处其厚，不居其薄；处其实，不居其华。故去彼取此。”

——老子

有这样一种人，有着幽兰的清雅，竹子的气节，松树的风格，寒梅的傲骨，大山的浑厚，大海的渊博。朱金峰会长就是这样一种大气的人。

他的大气，似阳光，温暖灿烂；似鲜花，芳香四溢；似高山，巍然屹立……

他是疾风中的劲草，中流中的砥柱。

在菲律宾、在坦桑尼亚，他的信誉如花绽放，如他疲倦而欣慰的笑脸。

他，挑灯夜战，四处奔波；他，智慧攻坚，扶助同行；他，致富思源、乐善好施；他，心系祖国，回报社会；他，尽心尽职为侨胞服务，为坦桑尼亚的发展及中坦友谊做出了积极的贡献。他，硕果累累，赢得尊敬。

他的大气，是稳重、执着、坚韧不拔；他的大气，是坦然面对艰难困苦，却不停止自己追求梦想的脚步。

他用炽热的情怀为弱势群体撑起一片温暖的天空。面对失败，他从不言弃：他付出了比别人多几倍的汗水与努力，经过一次次失败的洗礼，执着、勇往直前的朱金峰靠着自己的摸索，终于在坦桑尼亚打开了市场，稳固了根基，他成功了！

成功后的朱金峰仍然不断地总结经验，他认为到坦桑尼亚投资要做好充分的市场调研,他将自己的成功经验传授给后来人,希望他们少走弯路,获得更多的成功。

他爱心满满,他对同一片蓝天下的贫困孩子与留守老人不倦帮扶:多次捐款帮助非洲当地人建立学校,帮助当地政府解决农村饮水问题,捐赠的电视机、摩托车更是不计其数。朱金峰先生身在非洲,却时刻心系祖国。他积极号召坦桑尼亚的华商投资中国,促进了祖国经济的繁荣与迅速发展。他同样也赞助国内的弱势群体,帮留守儿童完成学业,并为湖南读书会图书出版伸出热情温暖的手……

一位受他资助的孩子在感谢信中这样写道:尊敬的朱伯伯,您就像黑夜里的一束光,在我几度想要放弃的时候教会我坚强,赠予我希望,使我可以背上行囊,继续为梦想赶路……

他确实是国内外许多迷茫的人黑夜里一束耀眼温暖的光，照亮他们走出黑暗与雾霾,走向了美好黎明的阳光。朱金峰注重团结,不怕贡献,和华商们共同发展。在坦桑尼亚待了二十多年,他深刻地意识到团结才是发展壮大的力量。作为商会发起人和第一任会长,他始终坚持团结一切力量,为华人华侨解决问题,在他的倡导下,现在已经有三百多家华商加入了商会。

商会和华助会是华商的家，也是带领中国民营企业走进坦桑尼亚的使者,更是企业与当地政府的纽带……商会为维护在坦侨胞的合法权益,侨胞间的互助合作做出了巨大的贡献。

朱金峰先生一直秉着"致富思源、乐善好施、回报社会"的准则,来感恩回报社会,报效祖国。他就是这样一种人,他就像是一本厚重的书,内容荡气回肠,读起来让人爱不释手;也宛如一幅写意的画,飘逸洒脱,品起来,让人回味无穷。

欣赏朱金峰先生,让我们以他为路标,为楷模,做一个能努力和奉献的人,做一个对国家对社会对人民有用的人,做一个顶天立地的中国人,无悔于自己的人生!

大爱，在细微处闪光

有这样一种人，“为人民服务”是他们蓝灰色工作服的信念；浇铸在他们血液中的是勇敢和奉献，在他们帽徽上浓缩的是顽强和执着，在他们的肩章上沉淀的是国家和人民。

有这样一种人，他们用汗水诉说着信仰，他们把勤劳与奉献深深地扎根在血液中，刻在灵魂里。

在他们平凡而伟大的岗位上，无论严冬酷暑，抑或风吹雨淋，是他们坚挺的脊背，支撑着人们幸福的生活……

在我们长沙市芙蓉区中房瑞致 1 期小区就有这样一群可敬可爱的人。他们的感人故事之多，让人翻阅不尽——

春的行动

2020 年，春节期间，中房瑞致小区。

“在疫情这个特殊时期，大家心里都有顾虑，关键时刻我们小区保安要冲到一线，我们男同志要挺身而出，条件虽然艰苦，但抗击疫情不能等，我们都要行动起来。我们时刻准备着为小区业主提供一切力所能及的服务。”

这是中房瑞致小区保安队队长周维龙的声音在小区上空响起，其余的保安也都坚定地点着头表示响应。

身材高大的周维龙站在与他一样身着制服的几名同事对面，这是他们与众不同的开会方式。站着，他们就像一株一株挺拔的劲松，威武，无视风霜雪雨。

“李大爷，张大妈，电话得知你们家没有油、米与青菜、肉，我们给买来了，吃完再打电话告诉我们，我们会帮你们买。天气变冷，让家人多穿衣服保暖，疫情期间不要外出，你们平平安安在家待着，就是为国家做贡献……”

保安们还帮助业主到菜鸟驿站取快递送到业主家，业主们连门都不敢开，周队长与同事们只能从门缝里把物品递进去或者放在门口，代买的药物之类就挂在业主家的门把锁上……包括在三期确诊病例接触过的业主，在家隔离也是保安们为其送日常用品。他们帮业主送菜送快递，都要全部进行消毒以后才能送给业主，确保病毒零传染。

周维龙队长与同事郑修山、张伟等人给居家隔离、不方便外出的业主买日常用品、并亲自送到他们的家门口，这感人的一幕又一幕，每天都在小区不停地上演着。

疫情期间，年轻帅气的保安郑修山，工作兢兢业业，任劳任怨，无论下多大的雨，无论天寒地冻，他都坚持在抗疫第一线，认真给每一位业主测量体温，防止疫情蔓延到小区。郑修山平时也乐于助人，他经常给小区的业主搬运繁重的物品，给各种需要帮助的人送去温暖。

疫情期间，小区两位患有老年痴呆症的老人不小心走丢，家人焦急万分，却又不敢外出寻找，只好打电话给保安。是周维龙队长与保安张伟等人冒着刺骨的寒风一个个小区去寻找，甚至连饭都顾不上吃，终于在别的小区找到老人们。老人们被安全地送了回来，老人们的家人都感激万分。

疫情期间，只要是从湖北方向过来的车与人，周维龙队长他们都要询问和登记备案，及时汇报给社区领导，安排过来核实身份信息，并给能进小区的车辆及物品消毒。

有一天，半夜有业主从老家湖北回到了小区，周队长带领保安们连夜进行消毒,一夜没睡,又接上了第二天清晨的消毒工作……

就是周队长与同事们这些名不见经传的保安们,守护长夜,守护晨曦,报告小区平安的消息。他们,默默无语,走过四季,双肩担起多少风雨……

春的样子

芳菲四月,暖意融融,碧绿的小草、绿荫如盖的大树都在春风中摇曳。不经意间,万绿丛中又镶嵌了朵朵绽放的玉兰花,清香四溢……这些婀娜多姿的花朵,在中房瑞致小区尽情绽放,一如默默坚守在小区里的女保安员们,她们的微笑服务,也如这美丽的玉兰花一样温馨醉人。

小区的女保安们像一道美丽的风景,她们英姿飒爽,巾帼不让须眉,用自己的行动告诉大家,保安不只是男性的“专利”。

我每天出入小区,总是被一位女性保安感动着。无论酷暑严寒,她都在自己的工作岗位默默奉献着。她,工作一丝不苟,给来来往往的人开门、检查登记、给车辆放行,不厌其烦;她,面带微笑,身穿保安制服,英姿飒爽。

她叫邓丽梅,就是咱们小区的春天里那朵最美的“玉兰花”。

邓丽梅是一位三个孩子的母亲,她是家里的顶梁柱。邓丽梅用一个人的微薄工资支撑着这个五口之家,可谓辛劳,但她从不抱怨,只以女人独有的坚韧支撑着生活与工作。在工作中,她始终如春花般温婉细致,她的言行温暖小区的每一位人,甚至经常为了工作而顾不上照料孩子们。她舍小家为大家,用乐观的态度和春天般的微笑感染身边的每一个人。

在我们的身边,其实还有许多像邓丽梅一样的“玉兰花”,正在用她们弱小的双肩承载着风霜雪雨与酷暑严寒,她们既有传统的美德也有现代女性的独立与自信,为这个平凡的世界撑起了半边天,是她们在用心血书写着奉献的乐章,诉说着春天的模样。

春的温暖

时间回放到6月22日。

这天,中房瑞致小区热闹非凡,呐喊声、喝彩声,欢声笑语在小区此起彼伏。这是物业管理公司在组织小区居民们开展端午节包粽子活动,以增进小区居民之间的感情,增添节日快乐的气氛。

周维龙队长、郑修山等保安们认认真真准备一切后,就在一旁维持秩序。活动组织得有条有理,开展得有声有色,老人和孩子们更是从中得到了许多乐趣,深深地温暖到了业主们的心扉。

物业公司经常会组织各种活动,据说这样的活动尽管每年都有不同的特点,但是都有一个共同的目的——温暖小区这个大家庭里的每一位家人,让大家感受到春的温暖。物业公司的真诚与细致得到了居民们的认可,也深受大家的喜爱与赞赏,平时大家对物业的管理工作也非常配合,使小区的生活环境有了质的提高。

保安秩序部,平时都要巡逻疏通消防通道,不怕脏,不怕累,认认真真,消除安全隐患。如果有业主反映楼顶又臭又脏,生蚊虫,他们就会冒着炎炎烈日,去巡逻,并进行整改,直到楼顶一尘不染。

一件小事、一个电话、一个暖人的微笑、一处贴心的细节,尽显出不同的人对待工作和对待他人的态度。周维龙与中房瑞致小区的保安们的言行,还被小区居民们赞为“长沙市最温柔、最暖心的榜样”。有这样的物业管理和保安队伍,真让咱们感受到了春的温暖。

相逢是首歌

——致敬雷锋精神

相逢是首歌,同行是你和我!

整整四年了,我们一直相守在湖南读书会的文苑里!

我们在这里相遇,我们在这里相知,我们在这里辛勤耕耘,呵护祖国的花朵;我们在这里传承国学,推广全民阅读,我们在这里低吟浅唱……星辉斑斓里,我们的心声似初春的柳絮飘逸轻柔,似夏日的雨滴清爽清凉,似傲雪的红梅无视风霜雪雨!

相逢是首歌,歌手是你和我!

湖南读书会文苑——这块神奇的青青芳草地,我们在这里互相关心、支持和呵护,播种和耕耘。我们一起在这里吟唱阳光,吟唱温暖,播种春天,播种希望。我们在这里播种那如春花般芬芳的真挚友谊,播撒阳光正能量,奉献我们的大爱情怀……在这里,每天都能感受各位老师、各位文化志愿者如春天阳光般的温暖,温暖我们的文友,呵护我们签约小作家——祖国的未来、如春天花朵一般的孩子们。

尽管我们遇到了这样或那样意想不到的艰难困苦,牺牲了许许多多本该悠闲娱乐的时间,艰难而不厌其烦地编审、收集、留言,以及分别推广孩子与成年作者的作品。为鼓励青少年创作,我们将孩子们的获奖作品整理成书出版,想尽一切办法出去找赞助。作为一个文化志愿者,我们努力实现着文化推广的梦想,这一路非常艰辛也非常快乐,我们无怨无悔。

我们牵手湖南读书会文苑，举办数十场全国征文比赛，推出数百名文学新人，培育出近一百名优秀的签约小作家，影响更是远至海外。我们在湖南读书会文学微刊里烙下的一串串闪光的足迹，才有了湖南读书会文苑的日益兴旺。我们的心血每每伴随着深夜的编审和寒冬酷夏的奔波，但这一些亦如洒落的音符，让我们为自身的辛苦而产生的价值喜悦……

在这个特别的春天里，我们湖南读书会的文化志愿者引领作者与孩子们，一起牵手，用手中的笔与爱国情怀，祈祷疫情快快消散，祈福祖国平安吉祥。

在这个特别的春天里，新时代的雷锋们，带给我们无处不在的温暖和正能量。有人说“雷锋三月来，四月走”，但我想说，雷锋，他一直都在！他就在我们身边，在湖南读书会，在神州大地的每一个角落里……也在我们湖南读书会每一个文化志愿者的身上……

“相逢是首歌，歌手是你和我，心儿是永远的琴弦，坚定也执着……”让我们相聚在阳光明媚的春天，捡拾阳光与美好，继续传承华夏文明。

生命里的音符

生命是一首曲子,一首荡气回肠的曲子。这曲子都是由一个个不同的片段所组成,而这些片段就是音符。这生命的音符,演绎了《贝多芬的忧伤》,演绎了《不分手的恋爱》,也演绎着丰富多彩的人生。

忧伤的音符

她,聪明漂亮,非常有灵气,她是一位贫瘠山村的小姑娘。

七岁的时候她父亲患病,为给父亲治病家里欠下了好几万外债,但父亲还是医治无效,撒手人寰。她悲痛万分,泪,日日夜夜在心里流。

她与年幼的妹妹跟着勤劳的母亲,辛勤劳作,依旧吃不饱穿不暖,一身破旧的淡蓝色衣服就是她的校服与能出去做客的衣服。但她与妹妹慢慢懂事,自己学会了独立,学会了坚强。

每天她都起早贪黑。早上帮妈妈干完力所能及的家务与农活后才去上学,放学后总飞奔回家做饭,帮助妹妹复习功课,而且姐妹俩的成绩都还不错。

这艰难困苦,这忧伤的音符,造就了小女孩的坚强、独立、懂事。这忧伤的音符也帮她续写了生命的传奇。

幸福的音符

幸福总是不经意间光顾懂事的人。

因为她的聪明漂亮,也因为她的懂事和有礼貌,她的名字开始被很多人知道,于是她因此而被一位好心的富裕人家收养,开始了城里人锦衣玉食的好日子。她被送往城里最好的初中,进了最好的班级,由最出色的老师教育,跟最优秀的同学们一块学习、进步。从此,她茁壮成长。

她考上的大学虽然不是自己特别喜爱的,但她选了一个毕业后能有一份固定工作的专业。在大学期间,她如饥似渴地学习专业知识与各种技能,被评为优秀班干部与三好学生,深得老师与同学的喜爱。几年后,她以优异的成绩毕业。

养父母给她联系了好工作,这时她却放弃了,而是选择只身去大城市闯荡,以知识与见识去拥有一份自己喜欢的工作。她通宵达旦地工作,夜以继日地加班,终于做出了好成绩,深得同行与领导的赞扬。这年,她还不到二十五岁,就成了单位的中层负责人与顶梁柱,加薪不断,且深受他人的尊敬与肯定……

这时候,她有能力也有实力了,她可以更好地照顾母亲和妹妹。她感觉自己非常幸福,且问心无愧。

其实幸福的音符就是孜孜不倦地努力、无怨无悔地付出,去攻克一个又一个堡垒,幸福的音符,就在那孜孜不倦的奋进与追求中……

借一枝春，换一卷如禅的光阴

又到了“江南无所有，聊赠一枝春”的时节。

这个春天夹着一场风雪徐徐而来，可“春的脚步，不会因一场风雪而停下”。

在这个安静而特别的春天必须宅在家里。室外阳光明媚，打开窗子，映入眼帘的是一片片浓郁的绿与百花的清香，可人们牵念的心却伴着绿意与芬芳在拼命朝着武汉眺望……

那抗疫前线的白衣战士、人民公仆，火神山、雷神山医院的辛勤建设者，那来自四面八方的捐赠物资的爱心人士，是这个春天最美的芬芳。

尽管现在疫情非常严峻，我相信美好的明天定会来临。真想用我笨拙的笔与虔诚的文字，用自己的一切时间倾予，去安抚或远或近的情怀。

“沉舟侧畔千帆过，病树前头万木春。”——刘禹锡

“山重水复疑无路，柳暗花明又一村。”——陆游

我非常喜欢这两位文豪的诗，所以借他们的诗句来祈福祖国，来为这个生了病的世界祈福。

灾难中的同胞、我们一线的抗疫英雄，你们在哪？是否安好？

我虔诚的祝福，正携着淡淡的忧伤与满怀的爱，在与窗外的绿色糅合成一眼无尽的绿，一波接着一波延展，无穷无尽……一直蔓延到祖国的每一寸山河，每一座城，每一个村，每一片田野，我们集大中国的众生之力，助力武

汉。我们要一起度过这劫，迎接美好的未来。

在这个特别的春天，宅家的生活琐碎而无聊，难免让人们的心里萌生出一丝惰性与无奈。但无论如何，我们都要努力地生活，并且要让自己活得丰盛与滋润。要相信，雾霾与苦难即将过去，不久我们会在春天相见，展露出再也没有口罩遮挡着的笑脸。

宅家的生活其实也挺美的，虽没有往日的热闹，但孤寂却能使简约的时光变得纯净，一家人相守，朝朝暮暮，这也是平时难得的机会。满足于每一个微小的瞬间，也未尝不是幸福与喜悦。那种恬静与快乐，会让人觉得心灵也变得清澈。再借一缕旧时光，就会感受到淡如清风，静若幽兰的唯美。

于是，我们将学会于落寞处不寒凉，于缤纷中不迷茫，才能让心灵得到安逸，就如窗外姹紫嫣红中的那抹新绿，让我们在生命的路上多了一份淡定和憧憬。

于静谧的光阴中，我们倾听鸟鸣，聆听花开，聆听阳光漫洒的声音，聆听大地每一个角落里的阳光与爱的传奇故事。轻捻一抹花香，于笔墨中流淌，结成万串诗行，随文字之力带着，直达幸福的天堂。

借一枝春，换一卷如禅的光阴，化作咱们抬眼处的一片火树银花，氤氲成一幅绝美的吉祥画——护我同胞，佑我中华。

天道酬勤

与世界把盏言欢

又是一年秋意浓，十里桂花香时节。

“不是人间种，疑从月里来。广寒香一点，吹得满山开。”喜欢这赞美桂花的古诗。

读着，读着，仿佛一缕缕沁人心脾的桂花清香和着一帧美丽而情怀脉脉的场景荡漾开来，一抹心香淡淡化作眉间的柔、眸里的喜，氤氲于湛湛心空之上。

好喜欢这样的意境与时光！

中秋节前夕，我与家人、朋友领略了松雅湖国家湿地公园的美丽风光，附近的桂花林馨香四溢，让人沉醉。

携着桂花的芬芳我们漫游了这滨湖生态公园，真是耳目一新。整个滨湖生态公园分为八个分区，即游乐港口、友谊林、湿地文化区、家庭探索冒险区、健康体验区、幸福林，以及企业会所区和香岛松雅禅院区。

我们光顾的第一站是企业会所区，它位于湖西侧，绿杨荫里，花香堤上若隐若现的，是一簇簇幽静的院落，形式层叠舒展，绿树掩映……让人仿佛置身于世外桃源般的惬意。

沿着松雅湖蜿蜒的湖岸有两处码头，一处为游船码头，一处为游人亲水戏水的楠木码头，我们常去亲水码头嬉戏，尽管溅得满身湿透，也都欢天喜地。

我们还去了香岛松雅禅院，来这里修身养性，感受祖国文化的博大精深。

去湿地文化区，让人赏心悦目。

走在这“绿绕洲滩”的湿地公园，可以观赏湖面水鸟结队，湖中珍禽戏水，别有一番风味。这些自然的精灵，也给了人团结合作、心心相印的感觉。

轻轻地走在幽静的松雅湖边，听清水潺潺，闻蜂鸟喈喈，观鱼虾悠悠，悟湖水菩提，感清风微拂，眸里有流云，心上闪水泽，这样丰满宁和的时光，既浪漫，又幸福美妙。

最惬意的时光是边骑车边赏湖观鸟。可以沿着长沙松雅湖10公里环湖通道骑脚踏车。

我非常喜欢与亲朋好友在松雅湖边一起骑脚踏车，一起用力配合，一起嬉笑连连，一起观看沿途美丽的湖光，脚踏车在洁净的柏油马路上飞奔，我们的欢声笑语在松雅湖上空飞扬……

“山远天高烟水寒，相思枫叶丹。”

清新的空气中带着一股香味，那是桂花的清香，还有枫叶的芬芳。

从湖附近的几棵枫树上纷纷飘落的枫叶上，让我仿佛看见远方游子思念家与亲人的场景，于是在我们玩得最开心的时候，突然有所感念。感念那些为祖国的繁荣昌盛和平安而远离亲人的工作者，是他们的奉献，成就了我们的幸福。

仿佛每一片枫叶，都写着一句句浪漫祝福与思念的诗句，秋天走在松雅湖的每一步，就仿佛进入一个童话世界。

当我穿行在一个又一个秋的惬意中，忘记了所有的烦恼与忧愁，我被快乐包裹着。喜欢这样的生活，风轻云淡；喜欢这样的时光，内心丰盈而自在。

“清晨醒来，阳光与你都在，这就是我想要的未来。”这也是我追寻的生活，与自己爱着的人牵手，快乐而健康地活着，如此，便是幸福。

做一个内心富裕、淡定的人，时时刻刻感受到生命的丰盈与满足。一杯茶的清香，一纸书的芬芳，一枝花的妩媚，一片云的飘逸，一段属于自己的时光，一个能与自己相处融洽的人，一段难忘的经历，都能让人愉悦。

走着。前方，是松雅湖的一张名片——游乐港口依旧开放。它位于松雅湖的西南角，将是松雅湖的新天地——都市人卸甲而欢、消除疲惫、倾诉心曲的心灵港湾。

在游乐港口附近，我遇见一名三岁左右的可爱小女孩与一位年轻漂亮的母亲，她们在放风筝，风筝在蔚蓝的天空上翱翔，如小女孩的梦，在白云间穿梭……

几对骑脚踏车的朋友用力蹬了几脚，车骑过了我的身边，他们正一路欢歌，如同几只叽叽喳喳的小鸟在桂花树上空盘旋，我也被这些年轻的幸福感染着……

喜欢这样的日子！尽管生活并不圆满，可我们都在生活中奔波与用力，我就喜欢这种为生活而努力的过程。并不是想要拥有多少，而是奋斗的过程让自己的生命散发出了永葆青春的力量。

在国庆节与中秋节里，人们与这个世界言欢。所有能够看见的，都是为我所拥有的。沿路遇见的人群，都是亲密的路人。沿途的风光，成了一幅油画挂在心上。

“平分秋色一轮满，长伴云衢千里明。”

湖水染秋意，明月照笙歌，多少欢声笑语，多少杯觥交错，全家围坐，月在杯中，爱在心底，所念人在身旁，共度人间好时光。

“陪你一起度过双节，度过每一个平凡的日子。”爱在风中传递，宛如春天，清风吹醒大地，枝头上仍在绽放新的绿意。

那么爱是什么呢？它是秋日暖阳下，我们骑车并行的身影，是工作岗位上的认真态度，是家人之间的团圆，是路边一枝盛开的野花，是久远的心灵呼应。

如今，国庆与中秋双节同天。我愿每一个中秋都有思念在蔓延，每一个家园都有烟火的温暖，每一个望月人都有深情的挂牵。每一处故乡都有亲切的名字，每一次离别都能有更好的遇见。我愿大家能被岁月温柔以待，美好相伴，愿山河从此无恙，国泰民安。

一部振奋人心的地方志与中国志

——读许晨老师的《山海闽东》有感

我怀着十分崇敬而又激动的心情读完了著名作家许晨老师的新作《山海闽东》，作品热情讴歌了宁德党政班子带领人民群众与时俱进、奋发有为的长篇报告文学。这一份心灵盛宴，既让人赏心悦目，又使人振奋与鼓舞。这部巨著“写出了人、事、诗、史相互融合的英雄交响，为宁德、为中国的脱贫攻坚历史留下了壮伟的诗篇”。

一部优秀的志书

该作品文笔生动，故事感人，讴歌了意气风发的闽东人民英雄群像，为各地提供了可供参考借鉴的“宁德经验”和“闽东之路”。作品尚具文学性、思想性、史料性于一体，从某种程度上可以说它是宁德乃至中国人民可以传下去的一部地方志与中国志。

特别值得一提的是，《山海闽东》的题材有其非常独特的价值和重要意义，1988 年至 1990 年，习近平同志曾在宁德工作，总结提炼出了“滴水穿石”“弱鸟先飞”的闽东精神，制定了因地制宜的脱贫方针，留下了“四下基层”的工作传统。三十多年过去了，历届宁德市委、市政府一张蓝图绘到底，一任接着一任干，不仅整体全部脱贫，而且取得了日新月异的辉煌成就。

可践行的“中国方案”

《山海闽东》立体再现了宁德人民在一届届党委、政府带领下，矢志不渝、砥砺前行的奋斗历程，以及福建宁德发生的沧桑巨变。

具有很高的艺术性和思想性，是一部反映脱贫攻坚内容的佳作。尤其是以精巧的构思、朴实的文笔、生动的故事写出了习近平同志在基层工作时，深入调研紧贴民心，立志带领人民摆脱贫困，进而将扶贫开发、改地换天大业推向全国。

光荣的宁德人民牢记老书记的嘱托，开拓创新艰苦奋斗，交上了一份完美的答卷，一个欣欣向荣的新宁德出现在世人面前。《山海闽东》在同类作品中独具特色，堪称精品。是可以践行的“中国方案”，也会为未来的奋斗目标汲取力量，振奋精神。

总之，《山海闽东》一书必定会因其重大的现实意义和深远的历史意义，作为扶贫攻坚伟大事业的经典纪实杰作流传于后世。

茉莉花开

“虽无艳态惊群目，幸有浓香压九秋。”

喜爱读有关茉莉花的古诗句，更喜欢高雅圣洁、清香四溢的茉莉花。

我家花园里栽种四棵茉莉花，是老公从苗圃买回的，我们经常给它浇水、施肥。入夏之后，茉莉花一批批挂蕾，又一批批绽放。给人的是一股幽香深长的感觉。

茉莉花纤细柔弱，淡雅清香，超凡脱俗。我每天都搬着小木凳到花园里的茉莉花边看书和学习，这时书香与花香融合成一缕独特的清香，让人久久沉醉；有时候与家人端着饭碗也愿意到花园来吃，那就是茉莉花香下饭，一家人也其乐融融，仿佛日子也开成了茉莉花。

有时候文友们来我家，都喜欢采撷一些茉莉别在衣上，戴在发间，藏在袖口，个个柔媚清香；男生们把茉莉别在西装的口袋上或长衫上，也有人收几朵在钱夹里面，说喜欢茉莉花的清香，会给他们带来写作灵感。

一个星期后，有文友电话告诉我，说那茉莉花虽然枯萎了，可是新作品的芬芳有茉莉花的味道，让他们陶醉；还说茉莉花的清香，都已经烙入他们的骨髓，馨香永恒。我们都会心地笑了，仿佛电话线两头有茉莉花在嫣然绽放。

我也喜欢采撷一捧茉莉花放在床头，或挂在蚊帐四周，放在书房的写字桌上与书柜边，夹在我最喜欢看的书里做书签……整日花香四溢，馥郁绕鼻，仿佛我家开了香铺的一样。

茉莉不但圣洁优雅，而且顽强不屈，乐于奉献，它总是默默无闻地奉献自己的清香与美丽。

这让我想到了一位远在云南的如茉莉花一样散发清香的女子，这女子名叫雨朵，她有一个自己的文苑，名叫雨中花朵，非常诗意高雅的名字，而其骨子里的清香更让人难以忘怀。

雨朵是一位获过全国奖项的女作家、诗人，也是一位不知疲倦地为他人作嫁衣的文化志愿者。雨朵家里经济条件不是非常富裕，她一个月微薄的收入要养年迈的母亲，读研的女儿，患病的兄弟，可她整天浅笑嫣然，如阳光温暖。她不厌其烦地写励志美文，每天义务编辑八个公众号、推广传承国学；她还经常参加爱心扶贫攻坚活动，她为留守儿童捐赠自制的扇子、漂亮励志的书法、各种学习用品等，无怨无悔。一首诗这样写她：

每天/云的脚步轻悄悄/在键盘上编织晴好/白裙子在阳光中微笑/柔软的风追着云朵/在阳光歌声中奔跑/在《悦读》杂志与百花驿站中穿梭/酿一坛一坛祝福的香/芬芳你我他/在墨池里驰骋/书法诗文展高堂/巾帼不须眉/在油盐柴米酱醋中/揉搓美好……

这首诗淋漓尽致地把雨朵的美展现出来，身材娇小内心顽强的雨朵，她的美丽如茉莉花一样，在我的心中、在许多文友与孩子们的心中悄然绽放，她如一位优雅的女神，爱穿一身洁白的长裙，骨子里散发着最高贵最芬芳的清香。

雨朵如茉莉花一样，在有雨朵的空气中，就有隐约的花香袭来，沁人心脾。

我仔细端详花园里的茉莉花，它没有牡丹那么丰腴，没有玫瑰那么妖艳，没有百合那么亮丽，没有樱花那么诱人。但是茉莉独有的优雅与圣洁，独有的清香四溢与顽强不屈，在烈日炎炎与艰苦环境下，依然生机勃勃，散发着淡淡的芬芳。

“应是仙娥宴归去，醉来掉下玉搔头。”

独爱茉莉花，也非常钦佩如茉莉花一样顽强、乐于奉献的人，他们默默无闻奉献自己的馨香与圣洁的美丽，我们的世界才如此美好。

红尘深处最美的暖

——读欧阳静文集《半条辫子》有感

半个月弹指跃过，而我的思绪还一直穿行在《半条辫子》的字里行间。

《半条辫子》是湖南读书会形象代言人欧阳静老师的文集，该书由团结出版社出版发行，目前，《半条辫子》已被国家图书馆收藏。

作为好友，我习惯称欧阳老师为静静。

我与静静相识于央视文旅等单位联合举办的“中国好节目”香港澳门巡演中。

打开《半条辫子》，那些我俩相遇时的美好及后续回忆，在静静的这本书里一一呈现。

静静的文字柔美且充满灵气，她把身边真善美的故事、阳光正能量的思绪都收藏其中，读后，仿佛有一股暖暖的春风，催人奋进。她的每一篇作品似一颗珍珠，穿起这串珍珠的，是爱，是暖，是感恩。

静静爱家乡、爱家人；爱朋友，爱一切值得爱的人。

静静有一双慧眼，她透过文字，让春花秋月、红枫紫蝶、高山白云、小桥流水、古巷阡陌……甚至凄风苦雨都沾上了人性的光辉。这份盛放的美丽，散布在文集的每个角落里，这些篇章，折射出静静或乐观向上，或感恩涟涟，或爱意绵绵，或思念深深的情怀……

这些质朴隽永的诗文，承载着人性的唯美与她博览群书的内在，是她精心烹制呈献给读者们的心灵盛宴。

文集中《谁为春意醉》和《盼春》等有关春的文章中，她将二月春花的姹紫嫣红，揉入一腔期盼，寓寄对祖国大好河山的热爱。

《半条辫子》的书名来源于母亲节，那是静静含泪祭奠在天堂的母亲的一首诗歌，诗歌自发表后，读者反响热烈，也获奖无数。诗歌主要描述了静静怀念天堂母亲对她浓郁的爱：重病的母亲，刚为她编织完半条辫子就撒手人寰，那一年母亲年仅35岁……

静静忍泪将对母亲无限的思念化在笔端，这首如海深，比山高的诗歌，感动了无数读者及评委老师。

静静还有一颗感恩的心，在《海棠朵朵》与《梦回潇湘》等文章中也表述得淋漓尽致。用最真诚的文字承载着赤诚的友情，是静静诗文的又一特色，也是她持久的交友态度，对人以诚，交友以真。如《芬芳四月姊妹情》和《铁军的思念》两文，在友情的征途上，我和朋友们感受到了她那份如海的胸怀和真挚待人之心。

静静不仅文美，更有高洁的情怀。她处处以身示范，严以律己，作为湖南读书会形象代言人，于她，实至名归。

她热爱公益，多次被评为爱心大使，在她的文集第一章的诸多文字中也能一一彰显：你看，公益舞台上，她与团队姐妹的优美舞姿，得到了台下雷鸣般的掌声；你看，在敬老院里，她为老人赠送物品，与老人促膝长谈，从老人们的灿烂笑容里，我们也感受到了她浓浓的爱意。

当你轻轻捧起静静的《半条辫子》这一杯香茗，细品其中的醇厚回甘，你会切身感悟到，《半条辫子》里面有十成积极向上的心态，有十分对家乡的热爱，更有对亲情友情的十足惦念和感恩，还有一腔对贫困弱小的同情与关爱……

这一切，皆是红尘深处最美的暖。

我爱《半条辫子》这本文集，这是静静用真挚情感与智慧，滴落指端汇成的墨香。

秋风落处，心绪染香

——献礼新中国成立七十周年

眷恋花香满径，清风徐徐、蓝天白云，喜爱阳光的味道，握一季枫红、携一袭明媚，走进阳光浅秋，走进新中国七十周年华诞。

时光在浓浓的秋意里有了芬芳和温度，微微闭上眼，听秋风柔暖，吹开了小区的桂花与菊香，吹红了漫山遍野的红叶，传来了《我和我的祖国》的心曲……

秋的脚步铿锵有力，藏着倾城不换的温暖与芬芳。

清晨漫步小区，看年过花甲的花草维护师傅把小区的花草树木裁剪得井井有条，别致清新，虽然他满头大汗，却一脸灿烂。这微笑如他身边绽放的桂花一样，沁人心脾。

青春飞扬的白衣天使，爱穿着花裙子的柳每天风尘仆仆地去上班，天天认真服务成千上万的患者，虽然倦容满面，却总是嫣然一笑，宛如一缕暗香浮动。

湖南读书会也有这样一群为他人做嫁衣的爱心人物，他们在推广全民阅读、弘扬国学文化的活动中，废寝忘食，不计任何报酬而无悔地奉献着——

湖南读书会会长张立云，每个星期都要在长沙市图书馆等地方策划一期读书活动，每一年策划数十场公益读书活动，他与副会长涉江红帆、副秘书长向芳瑾、新闻部长梦斯等老师组织策划，并花了近三年时间采访和组稿完成的《致敬，身边的榜样人物》一书即将出版问世。

张立云还与涉江红帆、顾问贾鸿、主编雨朵等老师组织策划许多次成人组与学生组的全国征文比赛，从拉赞助到组稿、编辑以及组织评委评比，再到编审、校对、为出版小作家获奖征文书籍做准备工作，都认真负责，兢兢业业，无怨无悔。读书会的顾问是我国著名书画家王诚老师，他就曾多次赞助湖南读书会的征文比赛，还给签约小作家赠送书画、书法鼓励孩子们。湖南读书会顾问还有坦桑尼亚中华总商会会长，坦桑尼亚和平统一促进会永久荣誉会长、爱心企业家朱金峰先生，他不但赞助湖南读书会的征文比赛，同时还赞助了湖南读书会的 4 名签约小作家完成学业。

湖南读书会的顾问还有鲁迅文学奖得主，著名作家许晨老师，他写评语鼓舞获奖选手与孩子们，而且还不厌其烦地指导文学爱好者。湖南读书会的顾问、中国好人、著名书画家谢晓刚老师也曾多次赞助湖南读书会征文比赛，并写文字鼓励文学爱好者，这样有爱心有能力的顾问还很多，他们是爱心企业家舒生银、舒建东、荆刚、伍晓刚等人，人人都积极赞助过湖南读书会征文比赛。湖南读书会名誉会长、爱心企业家袁金娥女士不但慷慨赞助出版小作家获奖征文，还一直资助二十多个贫困学子的生活和学习，她每年都去红色根据地湖南平江，在精神与物质上慰问老红军与抗日将士。中非文化大使利斯老师不但有大爱情怀，赞助签约小作家，而且经常写励志的文字推广中非文化交流。

湖南读书会顾问、著名词作家贾鸿老师经常为湖南读书会的发展以及《悦读》杂志与《小作家微刊》献计献策，而且还经常写励志文字、写阳光歌曲鼓舞小作家茁壮成长。湖南读书会主播凝眸老师，不知道多少次，她都是在下班后拖着疲惫的身体，不厌其烦地为签约小作家们录制音频。湖南读书会榜样人物、书画家汝青、追云等老师为湖南读书会慷慨捐献书法作品，奉献爱心。

湖南读书会形象大使欧阳静老师不但为湖南读书会的发展献计献策，

而且经常写阳光励志的文字鼓励孩子们；湖南读书会顾问、毛泽东特型演员、著名书画人杨阳老师热心赞助小作家征文比赛，还为孩子们赠送书法作品，以鼓励孩子们不断进步。

我也是湖南读书会副会长，每天都在百忙之中认真完成张立云会长安排的各项公益活动，而且为湖南读书会的发展献计献策而不遗余力，常常加班加点到深夜，还经常写阳光正能量的文字鼓励小作家生活、学习与写作。湖南读书会的发展离不开所有人的共同努力，湖南读书会《文学微刊》的爱心作家雨朵老师，在繁重的工作之余，每天都要编辑至少五篇孩子们与文友们的作品，一篇作品编辑至少要花费 30 分钟。每天，夜很深了，时钟指向了 12 点半，她还在电脑前忙碌……《文学微刊》的负责人还包括方展开、向芳瑾、李洪锁、刘光仪、胡丽佳、张一庆、刘徽、陈小英、严家凯、魏乃昌、李跃山、姜玮、言志、梦斯、张卫生、高书华、刘莹、肖艳云等老师，他们总是在百忙之中为大作家、小作家做嫁衣，牺牲了自己许多休息时间而无怨无悔。

电视上、网络里，时刻传颂着祖国母亲的成千上万儿女，他们无私奉献的亿万感动瞬间，让人崇敬无限。这一桩一桩的祥和与芬芳，仿佛一栏诗语遍地流放。只想把这些阳光向上的文字烙在记忆的画屏上，时刻翻阅。只想沉浸在秋的灿烂与花香里，沉醉在祖国母亲 70 华诞的欢庆氛围里不愿醒来。

只想天天虔诚地合手祈祷，愿祖国永远繁荣昌盛，永享太平！

只想静下心来，读书、写字、品茶，为自己的时光打造唯美的内涵，让心中不光有明媚与芬芳，更有诗和远方，奉献与感恩的情怀。于时光深处捡拾最美的风景，植于心中，让其绽放的馨香，温暖流年。

其实，快乐与幸福就是一种简单的温馨，是一种不绝的芬芳，是一种奉献的美好心境。

让一季的阳光浅秋，伴随希望与奉献相拥。每一年，每一个季节，每一天，都过成自己想要的样子。一切，都静静地、悄悄地，秋风落处，有自己可以期待的美丽……

站在春天的眉梢

——致敬一线抗疫工作者

站在春天的眉梢，我的灵魂总是朝着你的境地前行，我的思绪总是满世界翩跹。

借我一支莫奈的笔吧，想把你用汗水清洗后的天空，涂上你喜欢的颜色。两抹粉红，三笔米白，橄榄绿为主色调。一抹一抹温馨的绿色，蓬勃你日子的枝枝丫丫。二月瘦了，三月笑了，春天朝着你的天空蔓延开了……

几棵挺拔的梧桐朝着有你的城池仰望，几朵待嫁的桃蕾，在枝头也朝着你凝眸；星星眨着羞涩的双眸，也醉倒在你的清辉里。

借我一粒绿色的种子吧，让我为你种一个妩媚的春天。黎明我种晨曦，夜晚我种星光，阴天我种暖阳，晴天我种绿荫如盖；请你站在季节的风口，关上门，收拢我邮递而来的一抹一抹暖色——柳丝青青，春歌婉婉，诗句行行，莺歌燕舞，阳光明媚……

借我一张时光的宣纸吧，我想在春的扉页上为你写一封绵长的情书。朝朝我写绿了荒漠，暮暮我写红晚霞；我写暖了一个个日子，写亮了一颗颗蓬勃的心；我写尽了万水千山，写遍了姹紫嫣红，写过了倚窗时的愉悦，也写出了独对明月，那两行感动的泪水。

站在春天的眉梢，我要剪下一笺笺写满字的窗花，温柔地装缀你的戎装。我要种一粒红豆，种在你必经的路口，天天开满祝福和思念，季季绽放妩媚和芬芳，年年飘洒自豪的音符。

苔花如米小，也学牡丹开

“白日不到处，青春恰自来。苔花如米小，也学牡丹开。”向东磊用自己32年的努力告诉人们，在阳光照耀不到的地方，青春照样萌动；如米粒一般微小的苔花，照样能像牡丹一样盛开。

从校内到校外，向东磊给溆浦一中的学子与溆浦人们留下最温馨、难忘的记忆。

“溆浦一中，可以没有其他人，就是不能没有向东磊。”许多老师都这样说。

确实如此。

向东磊的工作烦琐而重要，琐碎的事情中蕴藏着种种责任。每天他积极主动地完成学校几十个班的油印任务，力争做到文字清晰、材料无破损，多页材料他都要装订；还要排除一般故障，做好油印机的养护工作。他勤俭节约，杜绝浪费，为学校减少了不少开支。

向东磊才华横溢，写得一手漂亮的书法，他是中国硬笔书法协会会员，溆浦县硬笔书法协会的副主席，他负责学校的书写宣传工作，学校大大小小的宣传资料都离不开他，从书写到张贴，他都亲力亲为，做到尽善尽美，每天他都忙得腰酸背痛，可他总是面带微笑，无怨无悔，深得大家的赞赏。

同时，向东磊也是学生们的贴心人。他不厌其烦地为迷茫的学生做心理辅导，使许多学生走出误区；他帮学生寻找丢失的钱物；他为家境贫寒的学生免费教书法，教乐器弹奏，以使孩子们得到更好的培养。每到毕业季，向东磊都变成了“大忙人”。学生们考试失利，他鼓励学生重整旗鼓；学生们遇到生活或学习上的困难，他耐心安抚并尽力帮助；学生们填报大学志愿，他帮其出主意，并找能人帮助；并不时赠送书法作品来鼓舞学生们朝着心中的梦想飞奔；他还随时关心着留守学生的生活点滴……

向东磊的善举给了同学们最多的感动，他也成了学子们同母校一样重要的回忆和牵挂。他一路付出，也带给他一路的收获。

从山村娃到优秀员工，到县硬笔书法家协会副主席，溆水岸边的小路记录了他的成长足迹。

向东磊，现为中国硬笔书法家协会会员，湖南省硬笔书法家协会会员，怀化市硬笔书法家协会理事，溆浦县硬笔书法家协会副主席。他自幼喜爱书法艺术，多年来临池不辍，软硬兼修。作品文章散见于《中国钢笔书法》《书法报》《写字》等专业报刊，其事迹曾被《中国钢笔书法》《青少年书法报》《湖南日报》《湖南教育》《科教新报》《怀化日报》等媒体报道。他是湖南读书会推荐的榜样人物，多次被湖南读书网人物访谈栏目曾作报道。

除了书法作品在国家级比赛中多次获奖、作品被韶山市人民政府收藏，向东磊还爱好音乐，擅长少数民族乐器葫芦丝演奏，他热心公益事业，多次参加爱心义演，书法作品义卖助学等活动。

“付出才有回报，面对梦想，我始终没放弃。”向东磊对笔者说，他要用自己的经历去告诉后人，人不能停止学习的脚步，要活到老学到老，时刻告诫自己要变得更好。

从“东磊油印人”到“爱心艺术家”，一段段暖心故事让“苔花”绽放。

32年的后勤工作生涯，在追求卓越的背后也伴随着向东磊充满正能量的不悔青春，在溆水岸边、在一中的校园里也留下了一段段“油印艺术家”的暖心故事。

“在东哥身上我看到有一种感动叫坚持。”一位现在在北大工作的学生微笑着对我说，“这种正能量也正在我们身上更好地传递。”

“苔花如米小，也学牡丹开”，向东磊用自己的绽放，给溆水儿女、给溆浦一中学子们留下温暖和余香。

苔花如米小也学牡丹开
辛丑春 郭晶画

左手诗意，右手烟火

雨，滴滴答答，似乎没有休止符。

这本是个火红的灿夏，但这连绵不断的雨，到底是在诉说谁的心事？

此刻，我不免也怀念起曾经的许多个美丽的相遇。那些美丽的相遇，都已经烙入骨子里，都像是我前世修来的缘。

每每累了痛了的时候，我总爱倚立窗前看世间纷纷扰扰，回想起从前的一幅幅美好的画面：曾无话不谈的闺蜜米，她典雅聪慧，我们在一起常常开怀大笑。她现在事业有成，是某大学的教授，每次通电话时咱们依旧欢笑连连；曾经形影不离、才华横溢的好友林，她已是某电视栏目的编导，关注她的精彩作品也是一种惬意；曾经常常一起去山区献爱心，一起编著爱心书籍的好友曹，现在是某单位领导，某杂志的主编，看她的进步，我更是无比欣慰；现在依旧牵手湖南读书会的才女瑾，每每看到她那些能令我发晕发傻的考古方面文献又获奖，真是让我佩服得五体投地；还有经常带病坚持工作、任劳任怨、为他人做嫁衣、爱家爱岗的好友君，也总让人震撼与感动连连……

倚窗而立，窗外是连日的雨，还越下干劲越大。

蓦然想起好友静，欣赏她的柔软文字、优美的舞姿以及睿智的思维，她说她要去做“人间烟火”的榜样——想安安静静地读书写字，上班生活，业余时间走走秀、跳跳舞，做这人间烟火里爱岗爱家的榜样！

我深深地被她的言行感染着。

是呀,做烟火榜样是最现实最美的榜样,我的好友米、林、静、瑾、君等才女们,她们不都是烟火里爱岗爱家的榜样吗?

左手诗意浪漫,右手烟火榜样,这不是我心中最大的梦想吗?感谢静,你让我找到了迷失的自己。此刻,心底有一个呼唤,是梦想的声音,是对烟火榜样们最美好的思念与祝福。

雨后的大地一片生机,鲜花也更妩媚,绿荫如盖的大树青翠欲滴,花园里的茉莉花香沁人心脾,陌上一片片芳菲馨香四溢,雨后彩虹美丽无比……多惬意,幸福开始了。我微笑着把这自然最美的画面拍摄,把心中一幅幅回忆的画卷悄悄珍藏,留给未来的时光去翻阅。

河岸,一排排翠柳,飘扬着长长的青丝。小桥,阡陌小径,清凉的气息徐徐流淌……真让人耳目一新。

“烟火榜样”,我悄悄地把这个最新鲜最时髦最实在的词烙在我记忆的词典里,也烙在我的心坎上……

左手诗意浪漫,右手烟火榜样,是我的追寻与向往。

桂花香几许

喜欢那一棵桂花树，和那一树桂花的馨香。它在我院子外的大路边挺拔着，每每给我们绿荫与芬芳。

枫红橘黄的时候，桂花也绽放笑颜，一朵，两朵，上千朵……在向我们招手微笑，缕缕芬芳缠绕着我们左邻右舍。每每吮吸着清香四溢的桂花，在桂花树下栖息、载歌载舞，仿佛日子也开成了桂花。

非常喜欢在桂花树下做煎饼生意的那一对来自坪塘镇的中年夫妇。妻子皮肤白皙，大眼睛，清爽，喜欢穿粗布白色衣裳；丈夫瘦小，皮肤黑，眼睛小，笑起来像一根细长的线，但很有亲和力，他喜欢穿深蓝色的衣服。他们烤煎饼的炉子像旧时电影里的道具一样，有一点古色古香的味道。炉子旁边有一个白色柜子，柜中堆放着原材料和烤好的煎饼，井井有条，干干净净。他们烤出来的煎饼香喷喷的，光闻香味就能让人垂涎三尺。

无论季节变化，桂花树下总是馨香四溢。桂花飘香时节，更是芳香无限。

不知道有多少个清晨，总是桂花树下的煎饼香味把我从梦中唤醒，我匆匆起床，看着桂花树下已经排着长长的队伍，大家都在等着买煎饼当早餐呢。不管是酷暑还是寒冬，他家摊前买煎饼的人总是络绎不绝。男的女的，老的少的，有人买的是早餐、中餐，有的是买温暖，有的是买记忆，有的是解馋。

有时候我出差在外也还惦记着桂花树下的馨香，想着就会口水直流。一回家，我放下包，立刻就飞奔到桂花树下去，有时候跑得气喘吁吁的，那对夫妇赶忙递张凳子给我坐，让我先吃一个解解馋，随后我再买一袋煎饼拿回家慢慢吃。

看着他们慈祥如桂花一般的笑颜，我心里踏实，有时候也与他们聊天。

“大哥大姐，你们的煎饼做得这么大，肉馅这么多，又这么可口，你们不怕亏本吗？”

“亏本倒不会，利润是小一点，可是我们已经知足。做人要实在，要诚信，能够得到大家的信赖是我们最大的快乐。”

他们夫妻家住坪塘镇凤凰山，祖祖辈辈都非常勤劳善良，他们一直都是做煎饼生意——除了煎饼秘方是祖传的，做人和蔼可亲，坚持诚信，这也是祖辈们希望他们能够发扬光大的。

这样他们就来到了岳麓区，在这里摆摊一做就是 20 年，因为生意好，赚了钱就在附近买了两套房子。如今，他们的儿子已经长大成人，儿媳妇也娶回来了。儿子媳妇继承他们的衣钵，准备一起把煎饼生意做大做强。

我吃着煎饼，看着正飞快包装着煎饼的女人说着，她纯朴干净，如一朵洁白的桂花，在秋色里绽放。她丈夫的眼睛眯成一抹细长的亮光，全是闪闪的笑意。

我想起宋代女诗人朱淑真的《木犀》：“一支淡贮书窗下，人与花心各自香。”

诗里的桂花，虽然渺小不起眼，但它的香味能把人心都沁透了。如果我们做人能够做到这种境界，也是最佳的状态了吧。

雪莲花

雪莲花是一个女人的名字，是傲视风霜雪雨和苦难的魂！

当飕飕的寒风声和冰雪来临，这朵雪莲花就会爬上我思念和钦佩的心海。雪莲花从遥远的天山走来，从大雪飘飘的北方走来，她翻冰川，过湖泊，带着冰洁玉清的美。

女人如雪莲花一样圣洁和芬芳，如红梅一样妩媚和顽强。从骨子里流动的气质沁人心脾。

女人出生在乡下小镇，从小为一贫如洗的家操劳解忧。从八岁起她就起早贪黑捡破烂供养患病的父母，帮助兄妹完成高中学业。婚后，她的日子并没有太多好转，一直到心不恋家的老公早早离世，她自己也一度患有大病差点倒下，可她最终还是扛了过来，微笑着面对厄运，日复一日地拖着病恹恹的身子骨，靠打零工供养一双儿女完成大学学业。眼看一双儿女成人，都有了出息，她放下了心里的重担，才慢慢恢复了生机，显得年轻了许多。

女人喜欢把雪莲花缝在衣服的左上方和自己的裙子上，女人的名字慢慢被雪莲花替代，渐渐地传遍了大街小巷。大家提起雪莲花，都竖起大拇指。这时候，女人四十岁多了，她高挑，皮肤白皙，一头长发用发夹别在脑后。她依然在一家公司担任打扫卫生的工作，依旧在业余时间去捡破烂，把积攒的钱捐给那些比自己还贫困的乡下朋友。她唯一的收获，就是一张又一张笑脸。

“山重水复疑无路，柳暗花明又一村”，女人抱着这样阳光的心态生活着，她跨过了苦难的沟沟坎坎，绽放着坚韧的母性光芒，她的光芒感染着身边的每一位朋友和亲人。在雪莲花一串一串微笑中，有对生活的尊重，有对美好的追求和向往，更有一种顽强的信念，那就是：用微笑面对磨难，生活会还你美好。

但愿这一朵朵在冰雪里凝聚的芬芳，能绽满我们向往的山坡，绽放在瞩目的心海。

种下温暖，开出阳光

在洒满阳光、飘着花香的芳草地里徜徉，思绪随着一幕幕回忆而飘荡，能带给他人快乐，真的好幸福好满足。

回到办公室，安静地写下自己的感受和心情，双手在键盘上飞舞，编织一串串祝福的音符，用心呼唤人间真情，期盼阳光洒遍世界的每一个角落。

与文友们一起采风，和爱心学子们一起为弱势群体提供帮助，已经是我生活中不可缺少的内容。每天如风火一般奔波，还要写稿，改稿，编稿、发放报刊，就是我现在的工作状态。几年来的每一天对我来说都是新鲜的，深刻的，有感悟的，更是有意义的。

去敬老院里为老人们送上生活必需品，为他们表演节目，到看到他们的脸上绽放幸福的微笑，我们拉起留守老人的手说着家长里短，为贫困的留守学生捐赠学习用品，棉衣鞋袜……我穿梭在不同的角色中，努力填补他们心中最柔软的情感。

一个阴雨绵绵的日子，我们一行人去一个苦难深重的家，那家的丈夫输光烧光了家，我们为残疾的妻子红送去棉被粮米油盐。当我们一行人到她那临时用帆布盖的家，正好遇见她那经常不归家嗜赌成性的丈夫回来了，那个男人居然用盆里的冷水从我们的头上浇下来，将我们淋得透湿，让我们的阳光情怀全面崩溃。

那一刻，红的泪花飘飞；那一瞬，我领教到了什么叫“心有余而力不足”。

我们的帮助只是一时之需，离开后，那可怜的女子又该怎么生活？会不会原来的一切痛苦再度重演，让她难以生存呢？想一想都让人心痛，后来我们持续关注，并与当地居委会干部衔接，让红一家人搬进了廉租房，这时候，红的丈夫终于肯痛改前非了，他们多少可以恢复正常人的简单生活……

时光荏苒，若水穿尘，回眸处，那些温暖的、可歌可泣的故事，那些悲伤的故事，都从我心里缓缓流过，流淌成一幅幅生动的风景画。不同的故事不同的心境，都在启迪我鞭策我，让我收拾好情绪，争取下一程做得更好。

我会采摘一抹抹阳光，绽放一串串微笑，用心雕刻每一缕馨香和芬芳，在我的生命之中种下温暖，开出花来。

养鸽人与他的文学梦

抬头鸽子满天飞，掠影江山绕梦归。
振脊粉翎思画栋，俯身墨迹醒朝晖。
真人遗庙成荒野，故土新居袅晚炊。
有志行文惊午枕，陈桥由此过金魁。
（作家姚进军送给文学爱好者养鸽人朱振洲的一首诗）

树上嫩叶芬芳，竹林成海，朱振洲的鸽子基地鸽子成群，充满蓬勃生机，让人流连忘返。这是长沙市雷锋镇真人桥村的风景，真人桥是朱振洲的家乡。

朱振洲，出生于1968年，高中毕业后他去石灰厂干过，下岗后出去打工十几年，却总有一种“打工难以解决致富根本”的忧虑，于是，他回到家乡养鸽子。朱振洲与家人兢兢业业养殖，收入可观，即使是遇到困难，他也没有向政府申请补贴，一切都靠自主创业。

他养的鸽子是纯天然饲料养殖，口感好，吃起来特别香，还有益于身体健康，当然能卖好价格，许多酒店饭馆都喜欢他的鸽子，来他家买鸽子的络绎不绝。这可是一笔相当可观的收入。

可是，朱振洲却说，他的梦想是能成为一位作家。年轻的时候他也写过许多作品，但为了生计，他放弃了自己的梦想，为养家糊口他专心养鸽多年，待收益稳定后又重拾文学梦。

他利用开车送鸽子等人的时间在自己红色的小轿车里写文字，他的文字非常接地气，他都是写身边的人与事。他已经创作了小说和散文多篇。还参加了不少征文比赛，都获了奖。

远在 1992 年，朱振洲就发表了处女作小说《甜瓜》，后来陆续发表了《炸弹》和《我与叭儿狗》等数篇小说，曾被评为鲁迅文学院高级函授班优秀学员。

望着朱振洲家乡绿荫如盖的好山好水，望着他养鸽基地一笼笼活泼可爱的鸽子，长沙市作家协会监事长、湖南读书会监事长、著名作家姚进军老师诗兴大发，就写下了本文开头的那首诗。姚进军老师高度概括了养鸽人朱振洲的诗意人生，同时也是在祝福朱振洲走得更远。

爱，一直都在

夏日第一朵栀子花开的时候，你生日的脚步声就更近了。结婚这么久，好像没有用心给你过一个像样的生日。不是你忙着工作，就是我忙于写作，简简单单就算过了。我在长沙出差的时候问你，今年的生日需要我做一点什么，你说，只要你与孩子们好好的，就够了。说完，你一个人拖着疲惫的身子忙于收拾洪水的残局去了。想来也很心疼，更是内疚。

我说，长沙小区的风景倒是非常迷人，不用旅游美景就在眼前，只是我与翔儿感觉长沙的杨梅没有家乡的杨梅好吃，有一点想念家乡的杨梅和你。你说，最近会来一趟长沙。

星期六清早，你就提了一个大包来到长沙的家。我说，真是辛苦你了！你说，这是你最愿意做的事情。我与翔吃着大大甜甜的杨梅以及香喷喷的家乡腊肉，幸福洋溢全身。

朋友来电话告诉我，说你家民星期五一下班就匆匆去山区买上好的杨梅，他还亲自爬杨梅树采摘杨梅，差一点儿从高高的树上掉下来。回城后他又到城里买了两大块冰，说冰放在装杨梅的箱子里，杨梅就可保新鲜，不会坏。他半夜坐火车来长沙，给你们送杨梅和他亲手洗干净的家乡腊肉。听完朋友的电话，我的泪如泉涌。我骂民，你居然去爬树，不要命了，你好傻！民却笑得很灿烂。如他种在花园里的栀子花，香得沁人心脾。

N 年前栀子花飘香的季节，茉莉花怒放的时候，我在同学聚会上认识了民。

虽然我们是高中同学,但我似乎没有与他见过面的印象。不久,他就来我单位找我,还带着一束清香四溢的栀子花,我当时很惊异,也觉得好笑。我只是出于礼貌向他问好, 就与他道别去上课了。留在我记忆里的也没有什么,但栀子花的芬芳已经烙入心底。

后来我们也就各忙各的,很少联系。因为我对民说过不喜欢医生这个职业,他就给我来了一封很长的信,阐述医生职业的许多优点。还说你不喜欢这个职业没有关系,我仍然会帮你。当时真的有一点感动,对他的好感也加深了。民后来告诉我,当他第一次见到我,读过我的文字,就有种预感,预感到他与我的相遇,将会不同寻常,将会是他一辈子生命里最亮的一束光芒。

后来他与朋友一起来看我,我只是忙于工作,对他们不理不问。他失望里还挤出一丝丝微笑,说有什么事情记得找他。暑假的时候,我与好友去他工作的地方玩,他依旧笑颜如栀子花香,盛情款待我们。在医院的表扬栏目里,我找到了一串串他的名字,有优秀工作者,有助人为乐奖。好友赞赏他,他说不值一提。

有一次,我生病了,当时他在外地进修。虽然他来了许多信,但妈妈怕影响我,怕我无力回复,就没有给我看。他的来信一个月了都石沉大海,让他坐立不安,于是就请假匆匆赶来,打听到我家的住址,又买了许多东西来看我。他说宁愿生病的是他而不是我,他还请了许多专家为我的病情会诊。在他的细心照料下,我的病很快痊愈,我与他的爱情也成熟了。

我们的新房是他单位分的一间 9 平方米小房子, 但是我们一直很开心幸福。后来孩子出世了,我们就搬到一间 14 平方米的房子里住,我妈也与我们住在一间,中间用一块花布隔断,房里还要放些家具和一只书柜,只能留下一条窄窄的只能侧身而过的过道。门外的走廊就是我们的厨房,厕所是公用的,清早起来都要排队等候的那种,每个月还要给我们双方父母都邮寄一点生活费,日子虽然清寒,可我们依旧生活得很愉快。

民知道我喜欢文学,他就把单位的韩湘道老作家介绍给我认识,文采飞扬的韩老成了我的老师,从此带我进入了一个多姿多彩的世界,也使我认识了许多才华横溢的作家学者,我的文学梦开始起航。民很高兴,时常买名著给我读。每每我给他写诗,他就微笑着看我……那段日子,天总是蓝蓝的,阳光和栀子花香总绕着我。

就这样,我们在一起就是一辈子。

有这样的烟火爱情,有这样的一辈子,真是幸福无比。

把爱带回家

妈妈是个爱花的坚强女人，她喜欢在头发上别着一朵小花，红的、蓝的、黄的……随着衣服的颜色变更着。爸爸走得早，留下我们姐弟三个与年迈的爷爷奶奶。一家六口的生活与我们的学费全靠她那双灵巧的手。

妈妈借了债，把家里的几亩荒地变成了花园。她起早贪黑，把一盆盆花、一捆捆花用板车拉到街上卖。她天天微笑着，大家都喜欢买她的花。有人说，来她这里买一盆美丽的鲜花，还可以感受一份温馨和阳光。她的生意十分红火。五年下来，攒了不少钱。她不光还清了所有债务，有了存款，还帮我们兄妹完成了大学学业。我们去了南方圆梦，可她依旧在老家侍弄着鲜花，照顾着爷爷奶奶。

后来她与爷爷奶奶相继生了重病，折腾尽了她全部的积蓄，她还变卖了花园，一个人拖着疲惫的身子为两位久治不愈的老人办了葬礼，而没有惊动我们。

我们在南边打拼，日夜加班，满世界飞，心里总想着圆自己多年的梦，甚至没有给她打电话，她电话打来，我们知道留在家里的孩子们都算安好，就匆匆挂断电话，没有给她只言片语的安慰。

她呢，在家里，把家里的房子弄成花园一样，井井有条，香气扑鼻。把所有的好吃的好穿的，以及上好的学习用品都买给我们的孩子。母亲在一天天苍老消瘦，而我们与孩子们却在一天天丰腴……为了多攒钱，我们几年都没有回家，也不知道家里的变故，因为从母亲的电话里只能听到每一个人都平安与吉祥。

母亲的头发枯了落了，脸色黄了，她如同一朵凋谢的花一样憔悴，但她还在继续帮我们照顾留守的孩子，每日坐在大门前细数着我们的归期。岁月偷走了她青春的容颜与美丽，却带不走她对我们无尽的爱与呵护……

直到我们终于可以回家看她。

我们把在南方攒的钱在城里买了两套房子与一个花店门面，准备把老人与孩子们接到城里住。一路上我想象着与家人见面的情景：美丽的妈妈一定笑成一朵栀子花……

到家了！井井有条的屋子里，堂屋中央是爷爷奶奶的遗像，如枯草瘦弱的妈妈躺在床上，姨妈在守护着她。姨妈告诉我们：她前年就患了重病——子宫癌，但她瞒着你们，也不上医院医治，她怕你们花钱，一直硬撑着，现在已经到了晚期……

看到家里的变故，我的心凉了半截，泪如泉涌。

我们用救护车把妈妈带到了县城，让她看看我们的新家以及那家花店的店面。久违的花香扑面而来。粉色玫瑰、香水百合、夜来香，错落有致地插在琉璃花瓶里，看花了妈妈的眼睛，看暖了她孤独已久的心。

我附在妈妈的耳边，轻声细语："喜欢吗？我们又在城里为您赚了一个花园，还赚回来了两套小洋楼……对不起，这些年，辛苦您了。是我们忽视您……"

妈妈身子微微一动，眼里闪着一抹光，我的脸上有冰冷的液体，那是妈妈欣慰的泪花……她明白了我们所做的一切。

可妈妈没有多少日子享受着我们竭力给她带来的美好了，我的泪在心里流……无论如何，我要全力医治妈妈，哪怕她能够多活一天！我要一天给她十个充满爱的电话，给她十二分惊喜……让她幸福、丰腴娇媚得像一朵花，从身体到心灵。

因为爱，愿意付出，也因为爱，所以慈悲。我从此懂得，再忙碌再辛苦，也不要忘记给家人与父母一个充满爱意的电话——记得每天把爱带回家。

后记

与春天相遇，与美好拥抱

“多少恨，昨夜梦魂中。还似旧时游上苑，车如流水马如龙，花月正春风。”这是南唐后主李煜的《忆江南·多少恨》中的词句，他深情地回顾了曾经的春意盎然。

其实不管是古代还是今人，都是最爱人间四月天。芳草萋萋，绿草茵茵，山花烂漫，沾衣欲湿杏花雨，吹面不寒杨柳风，欢喜雀跃如飞鸟，踱行于乡野阡陌。风来，袂裾飞扬，长发翩然，花开无言，阳光正好。

飘飘何所似，天使在人间。喜欢春天，更喜欢如春天般美好的爱心天使。因而我出版过的作品或作品集大多是以春天为主题：即春的友情与爱情，春的生机勃勃与家国情怀。

散文诗集用“春天的微笑”作为书名，是因为我心里一直都珍藏着姹紫嫣红：那妩媚的百花，那青青的绿地，那一抹一抹清新而美丽的风景，这些都使人陶醉。笔者钦佩与仰望那些带给人们春天般温暖的人，那是有大爱情怀播撒阳光的爱心使者——我们的人民公仆，子弟兵、医护人员、教师园丁、志愿者……同时我也十分佩服羡慕那些用亲情、友情和爱情感动这个世界的人们，因为千万个人爱才能构筑成大爱的世界，千万个小家的温暖才能支撑起国家的幸福……这些给我的感悟很深很深，使我不得不拿起我笨拙的笔，写了这些不成器的文字，可我的心是真挚的，我的愿望是最美的——让我们永远与春天相遇，与美好拥抱。

这本作品分为四辑，第一辑《倾听温暖》，是以写“人间自有亲情在，宜将寸心报春晖”为主，抒发人们对亲情、友情的感悟，为读者展开一幅温馨温情的春天般感人画面，让你陶醉在情意浓浓的绿色江南里。

第二辑《陌上花开》，尽情抒写了神州大地、塞北江南处处是春天，以及作品所描绘的人物如春的大爱情怀。让人情不自禁地去向往畅游祖国四季如春的大好河山，继而生出无限热爱和眷恋之情。

第三辑《禅意春天》，用如诗似画的语言，描写了关于禅的大世界、禅的人与事。“十方无影像，六道绝行踪。跳出三界外，不在五行中。”一幅幅如禅的画卷，栩栩如生地展现在读者的面前，让人沉醉其中，启迪人类思维，生发智慧。

第四辑《春天的微笑》，此辑主要描写普通人、平凡事中所蕴含的情和意，言与行，一滴水可以反映太阳的光辉。期盼我们大家从身边一点一滴做起，爱满人间，春满人间……唯愿“心中有爱，眼中有光，即是人间天堂，一路芳芳”。

《春天的微笑》的问世，得到了许许多多前辈和朋友们的关怀和帮助。感谢鲁迅文学奖得主、当代著名作家许晨老师精心指导、热情题写推荐词予以扶持；感谢巾帼画魂、张大千嫡传弟子、全国著名书画家、文学家郭晶老师在百忙之中倾情作序，并为部分作品作插图，为本书能够顺利出版付出了辛勤的劳动……这让我深受感动，同时也倍感鼓舞和激励。

感谢本书的出版人、总策划设计张立云先生与他的夫人米雪儿；感谢编辑梦斯小美女，感谢我家人的理解和支持；感谢湖南读书会顾问王诚、朱金峰、贾鸿等老师，感谢湖南读书会文学微刊秘书长胡丽佳老师，感谢中非文化大使作家利斯老师，感谢湖南读书会形象代言人、作家欧阳静老师，感谢著名作家、全国十大金牌策划人、作家娄义华博士，感谢公仆作家易延凤与万辉华两位老师以及所有的爱心志愿者的关注与勉励，感谢所有关心和帮助过我的朋友，用我最真挚的心与春的烂漫情怀……

这些至爱友情，一直是鼓舞我前进的动力与源源不断的写作源泉，让我深感荣幸。这是《春天的微笑》里的最美的芬芳，这是《春天的微笑》里最动人的乐章。

最后，把这本《春天的微笑》呈送给所有喜欢我文字的朋友们，这里会有您“尘世里的最美遇见”，也有您“红尘深处最美的暖”。因为每注善举，温暖如光，“爱，一直都在……”，爱比天高，您会“把爱带回家”。

“好雨知时节，当春乃发生。随风潜入夜，润物细无声。”一枝花信，便是一个念想。一朵花蕾，绽放一个春天。每一笼烟雨，每一簇繁花，每一抹微笑，都是您我生命中最美的春天。这隐于寻常中的幸福，在十里长亭，红尘渡口；在阡陌小径，天涯海角……都是春天掌心最美最柔软最贴心的温度。

只愿繁花烟雨，有我有你！“春水初生，春林初盛，春风十里不如你。”人间桃花源，与你我共赴！

2021 年 3 月 18 日于长沙